충고인의 웅지, 세계를 가슴에!

충고인의 웅지, 세계를 가슴에!

초판 인쇄 / 2023년 11월 20일
초판 발행 / 2023년 11월 25일

지은이 / 김구일 외
펴낸곳 / 도서출판 말벗
펴낸이 / 박관홍
신고일 / 2007년 11월 2일

주소 / 서울 노원구 덕릉로 127길 25 상가동 2층 204-384호
전화 / 02)774-5600
팩스 / 02)720-7500
메일 / malbut1@naver.com
ISBN 979-11-88286-41-6 (03810)

www.malbut.co.kr

충고인의 웅지, 세계를 가슴에!

재경충주고동문산악회 20주년 기념 문집

말벗

재경충주고 동문산악회
20주년 기념 문집을 발간하면서

　재경충주고 동문산악회의 220차 등산은 2023년 10월 28일 불암산을 택해 다녀왔다. 불암산은 매년 2월말 동문산악회 시산제를 올리는 징소인 두끼비 바위가 있는 곳으로 평시로서는 오랜만에 찾았다.

　불암산 산행은 8월 대모산, 9월 검단산, 10월 예봉산에 이어 즉석으로 결정된 것이다. 이는 우상국 고문이 산 정상에서 보이는 곳을 차기 산행지로 정하자는 제안에 따라 이루어진 재치의 결과였다.

　우리 산악회 1~2대 회장이었던 우상국 고문은 바쁜 공사(公私)에도 불구하고 엔만하면 정기 산행에 참석하려고 노력한다. 게다가 아직도 군대시절 장교의 흔(痕 ?)이 남아 있어 산 정상 등반에 꾀를 부리려는 동문 회원들을 이따금 채근하는 멋진 선배이다.

　더욱이 이번 『재경충주고 동문산악회 20주년 기념 화보집』을 내는 데 수저하는 나에게 용기를 북돋워준 주인공이기도 하다. 더욱이 우리 동문산악회의 정신적 지주인 김구일 대선배의 산수(傘壽) 기념 문집을 꼭 내야 한다고 강조한 탓에 이번 거사가 이루어졌음을 고백한다. 여기에는 동기 선배인 정익섭 전임 회장의 몫도 컸다.

재경충주고 동문산악회는 매월 넷째주 토요일마다 산행을 시작한 지 어느덧 20년 세월이 지났다. 동문산악회는 그전부터 활약한 대선배들이 명맥을 이어오다가 본격적으로 2005년 11월 다음 인터넷에 카페를 개설해 운영하면서 체계적인 자리가 잡히기 시작했다.

다음 카페 주소는 https://cafe.daum.net/GukweonAlpineclub/8oN6/1이다.

2005년 11월 국원산악회란 이름으로 카페를 만들어 우상국 회장 아래 산행 실무를 맡은 장본인이 바로 김기호 산악대장이다. 김기호 대장은 초창기부터 우리 산악회의 궂은일부터 호사(好事)까지 두루두루 챙기고 해외여행과 특별 산행 등을 기획해 선후배로부터 칭찬받아 온 인물이다.

무엇보다 우리 동문산악회의 최고 지존(至尊)은 19회 김구일 고문이다. 김 고문은 반기문 전 유엔사무총장과 친분이 두터운 동기로 초창기부터 우리 동문회를 지켜온 정신적 지주이다.

젊은 시절부터 무역업에 뛰어들어 한때 우리나라 섬유업 수출의 최선봉으로 나서 외화 벌이에 앞장섰던 애국자이다. 하지만 회사가 끊임없이 성장하던 무렵 그릇된 노동운동가들 때문에 스스로 사업을 접어야 했던 아픈 상흔을 간직한 선배 동문이다.

김구일 고문은 우리 동문산악회의 각종 행사 때마다 물심양면으로 지원해주어 돈독한 동문 선후배간의 정을 태동시키고 이끌어 왔다.

또한 24회 지장선 고문은 회장을 맡으면서 우리 동문산악회를 더욱 활성화시켰다. 지 회장은 2012년 8월 이천 설봉산 등산과 함께 동문을 자택으로 초청해 음식을 대접하는 등 회원의 친목을 도모하는 데 앞장섰다. 이 무렵 정익섭 고문은 3년간 개근하는 기염을 토해 모든 동문의 귀감이 되었다.

특히 지장선 회장은 봄가을마다 재경충주고총동문회와 연결한 전 동문 등산대회를 개최해 많은 동문이 참석하는 데 혁혁한 공을 세웠다.

뒤이어 백광명, 박용현, 정익섭 고문이 회장직을 수행하면서 이끌어오다가 현재 본인이 4년차 회장직을 맡고 있다.

 사실 어떤 단체이든 앞장서서 스스로 희생하는 이가 없으면 제대로 이루어지는 모임은 드물게 마련이다. 특히 고등학교 선후배가 만나 함께하는 산악회는 더구나 힘이 들 수밖에 없다. 고향이 비슷하고 한 구멍에서 나온 동문일지라도 서로 살아온 배경과 과정이 다른 이상 불협화음이 나오는 것은 당연하다.
 무엇보다 보이지 않는 갈등으로 숨어 있는 것이 동문마다 서로 다른 정치색이다. 서로 막상 터놓고 얘기하면 그까짓 게 별거 아닌데도 사회구조상 습관적으로 심각하고 불편하다. 심지어 형제지간에도 서로 다른 정치색으로 싸우는데 동문회라고 오죽 할까.
 그래서 서로 속의 더러운 놈(?)을 내색하지 않는 것이 동문회의 불문율이다. 그러나 착하고 순진한 동문들은 그것을 은연중 드러내 들키고 만다. 그러구러 서로 무의미의 불편한 관계에 돌입하는 볼썽사나운 장면이 연출된다.
 바로 그런 데서 어쭙잖은 오해의 불씨가 살아나 모임이 깨어져 산산 조각나는 경우가 있다. 그것은 어쩔 수 없는 인간사의 한 단면이다. 어느 모임이든 마찬가지이지만 우리 동문산악회도 한동안 참여율이 높던 동문들이 어느 날 갑자기 나오지 않는 경우가 종종 있었다.
 그런 근저에는 어떤 불만이나 사정이 있는지 알 수 없다. 서로 통하는 동문끼리는 그 속내를 알 수 있겠지만 대개는 모를 수밖에 없다. 어쩌면 앞에서 언급한 정치색이 숨겨져 있는지도 모른다.

 우리 동문산악회는 코로나19가 시작된 2019년 11월 이후 대부분의 동문회가 활동하지 않았는데도 불구하고 단 한 번도 그로 인해 쉰 적이 없다. 어쩌면 이는 전국에서 유일무이한 우리 동문산악회만의 코로나19 대응 산행법이 아니ㄴ가 싶다. 물론 그 시기에 코로나19를 두려워해 출석이 저조했던 것은 사실이다. 그러나 한때 무섭게 휘몰아친 코로나19의 폭압도 우리 동문산악회를 제압

하지는 못 했다.

그리고 20주년 기념으로 이렇게 동문산악회보를 만들어 시중 서점에 배포하는 동문산악회도 아마 우리가 처음일 것이다. 물론 조촐하게 회보를 만들어 각 회원끼리 배포하는 경우는 부지기수이지만….

지난해 2010년에 이어 두 번째로 전남 완도군 청산도 여행을 기획해 다녀왔다. 오래 전에 개인적으로 청산도 관련 책자를 내면서 그쪽 출신 인물들과 연관이 있는 탓이었다. 어디든 다 마찬가지이지만 청산도도 예전에는 안 그랬는데 점차 여행객이 많아지면서 매력 포인트가 절감하는 느낌이다. 그런 것이 아쉬운 이때에 청산도를 아끼고 사랑하는 애향인들이 향후 발전을 위해 지혜를 짜고 협심해야 할 때이다.

우리 재경충주고동문산악회는 이번 회보 발간을 통해 제2의 도약을 꿈꾸는 산악회로 거듭나길 고대하고 기대한다. 공사다망한 가운데 이번 회보 편집을 위해 원고와 사진을 보내준 동문 여러분에게 감사드리며, 여건상 참여하지 못한 동문들에게도 심심한 위로와 감사의 마음을 전한다.

우리 충고인은 영원히 하나이며 오로지 전진뿐이다.

충주고 동문 여러분들의 무궁한 발전과 안녕을 바라며 다 함께 '전진(前進)'을 외치자!!

2023년 11월 25일
재경 충주고동문산악회 박관식 회장 배상

끊임없는 '전진(前進) 정신'이 여러분의 원동력!

반기문(19회, 제8대 유엔사무총장)

안녕하십니까?

재경충주고등학교 동문산악회의 '20주년 기념 산악회보집' 출간을 축하드립니다.

충주고 동문산악회가 오래전부터 가까운 동문들이 산행을 통해 꾸준히 활동해 왔다고 알고 있습니다.

그런 점에서 재경충주고 동문산악회 여러분들은 참으로 훌륭한 분들이십니다.

이번 동문 산악회보집은 인터넷 다음에 '국원산악회'란 명칭으로 카페를 개설하여 충주고 동문들만의 본격적인 산행 활동을 하면서 맺어진 인연을 바탕으로 만들어져 더욱 큰 의미가 있다고 봅니다.

뿐만 아니라 나의 오랜 친구인 김구일 동기는 재경충주고 동문산악회 고문으로 많은 활동을 하고 있으며, 오래전부터 후배 동문들과 함께 서울 근교는 물론 원거리 산행과 중국 백두산 태항산 화산 등을 동행하면서 물심양면으로 도움을 아끼지 않았습니다.

한창 시절부터 농구를 하는 등 체력적으로 타고난 친구인데 아직도 등산을 통해 건강을 관리하는 사실이 부럽습니다.

재경충주고 동문산악회는 비가 오나 눈이 오나 매달 정해진 넷째 주 토요일마다 한 번도 쉬지 않고 산행하였으며, 코로나19가 한창 기승을 부리던 때에도 산행했다는 데 감탄을 금치 못했습니다. 그런 끊임없는 '전진(前進) 정신'이 오늘날 여러 동문님들을 발전시킨 원동력이라 믿어 의심치 않습니다.

앞으로도 김구일 동기와 함께 돈독한 동문의 정과 우애를 꾸준히 교류하시기를 바라며 더욱 건강한 모습으로 산행해 주시기를 기원합니다.

다시 한번 산악회보집 발행을 축하하며 다음에 만날 기회가 있기를 고대합니다.

감사합니다.

풀 한 포기, 돌 한 뿌리도 가볍게 여기지 않고

권대영 (39회 · 총동문회장)

재경충주고 동문 산악회 창립 20주년을 축하합니다!

존경하는 재경충주고 동문 산악회 선후배님!

지난 20년간 재경충주고 동문 산악회가 있기까지 열과 싱을 다해 이끌어 주신 역대 산악회장님들의 노고, 박관식 산악회장님을 비롯하여 헌신적으로 활동하여 주신 동문 선후배님들께 진심으로 감사드립니다.

산행을 통한 인연은 어떤 무엇과도 바꿀 수 없는 소중한 자산이라고 생각합니다.

지난 20년 동안 동문 선후배님들의 노력과 열정으로 서로를 이끌며 풀 한 포기, 돌 한 뿌리도 가볍게 여기지 않고 온 산하에 한 걸음 한 걸음 발자취를 남겨 오셨습니다.

계절마다 함께한 산행을 통해 서로를 이끌며, 동문들 간의 소통과 화합을 높여 나가는 것은 큰 가치가 있습니다.

함께한 순간들은 절대 잊히지 않을 소중한 기억으로 남을 것입니다.

재경충주고 동문산악회가 앞으로도 계속 사랑과 존중의 전통을 이어가고 많은 산행을 통하여 동문들의 결속과 화합이 배가되는 계기가 되길 바라며, 무궁한 발전을 기원합니다.

재경충주고 동문산악회의 힘친 활약을 응원합니다.

감사합니다.

100년 후배인 119회 졸업생들과 함께
백두산에 다시!!

유해운(33회, 재경충주고등학교 동문회장)

나는 모교인 충주고가 전국 수준을 넘어 소위 글로벌 명문이라고 자신 있게 주장하는데, 그것을 부정하는 사람도 별로 없다고 생각한다.

많은 이들이 명문고를 평가하는 기준으로 우수대학 진학률과 배출한 인물을 따지지만, 나는 그러한 주장에 동의하지 않는다.

2만 5천여 충주고 동문을 일부 대학 진학인원과 몇 명의 유명인사로 평가한다는 것은 엄청난 모순이고, 여러 분야에서 훌륭한 일을 하시는 많은 동문에 대한 예의가 아니라는 생각 때문이다.

명문고를 가름하는 잣대는 출신교를 자랑스러워하고, 후배를 사랑하는 선배들이 얼마나 많이 있는지, 선배를 존경한 후배가 얼마나 많은지의 여부로 평가되어야 한다고 생각한다.

정치가로서 최상의 위치에 오르고, 학자로서 노벨상을 수상하고, 사업가로서 세계적 부자의 반열에 올랐다 하더라도 그 자신이 모교에 대한 자부심이 없고, 후배에 대한 애정이 없으며, 그를 존경하는 후배가 많지 않다면 그의 출신고를 명문으로 평가할 수 없다고 생각한다.

재경 동문 등산회에 두 번밖에 참석하지 못했지만, 두 번 모두 김구일 선배님과 함께하는 행복과 행운을 누렸다.

　최소 10년에서 20년 이상의 후배들과 함께 하시면서도 아주 자연스럽게 어울리시고, 모교와 후배들에 대한 사랑이 한결 같으신 것을 느껴 무한한 존경심을 갖게 되었다. 이런 선배님들이 많이 계시니까 우리의 모교가 명문이라는 확신을 갖게 되었다.

　김구일 선배님 같이 모교와 후배를 사랑하는 선배님이 많이 계시는 것을 알고 있고, 그런 선배님을 앞으로도 계속 만나 뵐 수 있는 기회를 마련하려고 한다.

　김구일 선배님!

　사랑하고 존경합니다.

　100년 후배인 119회 졸업생들과 함께 백두산에 다시 오르실 때까지만이라도 건강하시기를 염원합니다.

28회 동문 산악인들과 함께 축하를!!

김인한(28회, 전 충주고 총동문회장)

안녕하십니까?

제가 충주고등학교 총동문회장으로 재임 중이던 2019년 5월 25일 정기산행 때 동문산악회 여러분과 함께 청계산을 등산했던 것이 엊그제 같은데 벌써 4년이 지났네요.

청계산 매봉에서 '충고인의 웅지! 세계를 가슴에!'란 슬로건의 재경충주고 동문산악회 플래카드를 앞에 내걸고 동문 산악인 여러분과 함께 찍은 사진은 저에게 참으로 소중한 추억이었습니다.

재경충주고 동문산악회가 이번에 『재경충주고 동문 산악회보집』을 출간하는 것은 밋밋해 보이지만 아주 큰 의미가 담겨 있습니다.

더구나 일회성 화보집으로 끝나지 않고 시중의 서점에서도 구입할 수 있다는 점에서 그 의의가 큽니다. 이는 곧 충고인의 웅지를 세계에 알리기 때문입니다.

수년 전 박용현 산악회장 등 우리 28회 동기들도 여러 명이 재경 동문 산악회원으로 활발하게 활동한 것으로 알고 있습니다.

충주고 선배들은 이번 동문산악회의 태동 이전에도 많이 활동하며 오늘날의 씨앗을 뿌렸습니다.

　존경하는 김구일 선배님도 오래 전부터 참가하셨고, 한국방재협회 회장을 지낸 김진영 친구도 1979년부터 선배들의 동문산악회에 막내로 활동하였습니다. 그만큼 우리 충고인들은 서로가 모두 소중한 형제 같은 동문들입니다. 그러므로 그 누구보다 서로 이끌어주고 밀어줘야 합니다.

　다시 한 번 창립 20주년 기념『재경충주고 동문 산악회보집』발간을 축하드리며 앞으로 보다 더 발전하는 산악회가 되길 기원합니다.

팔순을 맞이하시는 김구일 선배님 잔상

김진영 (28회)

　재경충주고산악회 김구일 선배님이 올해(2023) 팔순을 맞이하십니다.

　후배들은 김구일 선배님의 팔순을 축하하고 기념하기 위해 동문산악회 회원들의 글과 추억의 사진을 담은 동문지를 발간합니다.

　김구일 선배님의 팔순을 계기로 우리 모두의 사랑과 정성이 담긴 이 동문지가 김구일 선배님에게는 안녕을 기원하고, 산악회 동문님들에게는 더욱 결집하는 계기가 되기를 바라면서 김구일 선배님의 지난날의 모습을 담아 봅니다.

　본인이 재경충주고산악회에 처음 참여했을 때 선후배 중에서 가장 나이가 어렸습니다. 기라성 같은 선배님들 틈에서 막내 역할이란 산행 도중 휴식을 취할 때 잔심부름과 분위기를 조성하는 데 한몫을 하는 것입니다.

　졸업 연도로 보면 10~20년 선배들이십니다. 어떻게 보면 집안 큰형님들 같았습니다. 어느덧 세월이 흘러 본인도 나이가 든 축에 속합니다. 공직생활에 쫓겨 동문산악회를 거르다 동참한 지도 어느덧 15년이 넘었습니다.

　동문산악회는 산이 좋아 참여하는 동문들이 대다수입니다. 어떻게 보면 선

후배라기보다 친목 모임, 형제 성격에 더 가깝습니다. 특이 기상이 아닌 경우를 제외하곤 어김없이 산행합니다. 때로는 해외로, 때로는 국내로….

산행에 나오는 동문 중에 9년 빠른 김구일 선배님이 계십니다. 제일 연세가 많으십니다. 그런데도 무거운 산행이든 가벼운 산행이든 어김없이 나오십니다. 젊은 동문에 버금갈 정도로 산행도 잘하십니다.

지금도 설악산, 지리산을 거뜬히 올라다니십니다. 후배들하고 보조를 같이 하는 데 부족함이 없으십니다. 더 중요한 건 산행을 하시면서 후배를 잘 챙겨 주십니다.

원정 산행할 때는 후배들에게 등산용 티셔츠를 후원해 주십니다. 이렇게 받은 티셔츠가 여러 개입니다. 때로는 금일봉도 내놓으십니다.

종종 맛난 음식으로 뒤풀이도 해주십니다. 지금도 김구일 선배님의 향수가 묻어 있는 등산복을 챙길 때마다 감사함을 느낍니다.

　　김구일 선배님은 기부의 마음가짐이 몸에 배어 계십니다. 선배를 존경하라는 묵시적인 주문을 기대하고 베푸시는 게 아니라 그냥 선배로서 순수하게 베푸는 것 자체를 좋아하십니다. 기부의 삶을 후배들에게 모범을 보이는 것도 아닙니다. 주변에 베푼 것은 몇 배로 자신에게 돌아온다고 하는데 그걸 기대하고 하시는 게 아니라 그냥 순수하게 후배들을 사랑하는 마음 그 자체를 즐거워하십니다.

　　후배들을 진심으로 편하게, 행복하게 해주시는 맏형이십니다. 산행할 때마다 덕담으로 후배들을 격려하시는 말씀도 잊지 않으시고 하십니다.

　　김구일 선배님이 팔순이십니다. 김구일 선배님은 팔순이 뭔 자랑이냐며 손사래 치실 수 있습니다. 맞습니다.

　　김구일 선배님은 팔순이 믿어지지 않을 정도로 젊으십니다. 산행에서 다져진 외모는 팔순이라고 볼 수가 없을 정도로 근력이 대단하십니다. 앞으로도 그럴 것이라 믿음이 가는 대목입니다.

　　재경충주고산악회는 계속 산행을 이어갈 것입니다. 재경충주고산악회가 건재하는 한 김구일 선배님도 늘 우리 곁에서 동행하실 것입니다.

　　김구일 선배님은 우리 후배들의 멘토이십니다. 김구일 선배님은 우리 후배들에게 변함없이 사랑을 주실 것입니다.

　　우리 모두 김구일 선배님과 함께하면서 '존경하는 자세로 맞이하길 바라는 마음' 지면을 통하여 전합니다.

　　우리 재경충주고산악회 선후배님들이여!

20주년 소고(小考)

우상국(29회)

200이라는 묵직함과 20대 청년의 힘이 느껴집니다.

그 긴 시간의 족적(足跡)을 되짚어보고 향후 우리들의 각오를 한 권의 책자에 정성껏 담아내는 것은 뜻깊은 일이라 생각합니다.

오래 전 우리 산악회 출범(出帆) 때 제가 초대 ~ 2대 회장을 맡았으나 명맥만 유지한 채 유아기를 벗어나지 못했습니다.

그러던 중 24회 지장선 선배님께서 회장에 취임하여 따뜻한 리더십과 통 큰 후원으로 비로소 골격을 갖추고 성장기로 접어들었습니다.

그 뒤 여러 회장님을 비롯하여 집행부의 노력으로 오늘 200고지를 무탈하게 넘어섰다고 생각합니다.

여기에는 무엇보다도 묵묵히 참여해 주신 선후배님들과 동기들이 있었으며, 특히 오늘 산수(傘壽)를 맞이하신 김구일(19회) 고문님의 시노와 산행 행사 때 매번 후원해 주신 것이 큰 힘이 되었습니다.

그간 명산 설악산과 지리산 등 고향의 월악산, 조령산, 금수산 등을 비롯하여 전국의 산하를 누비고 나아가 중국, 일본 등반까지 참으로 소중한 추억이었습니다.

고향 떠나 수도권에서 힘든 세파를 극복하고 나름대로 자리를 지키는 것이

때로는 험난하고 벅찰 때가 종종 있었습니다.

지치고 주저앉고 싶을 때 선후배님들과 밀고 당겨주며 숨 가쁘게 정상에 오르면서 재충전의 동력과 자신감을 얻곤 했습니다.

하산해서는 곡주를 나누며 소박한 회식을 통하여 스스로 자존감을 가지곤 했습니다.

지금까지 해왔던 것처럼 앞으로 동문 산행시 굳건한 체력과 청정한 사고를 함양하는 단란한 동문 산악회가 될 것이라 소망해 봅니다.

오늘이 있기까지 이끌어주신 선배님들과 같이 땀을 흘렸던 동기 후배들과 다시 한 번 자축하여 동문 산악회의 의미를 되새겨봅니다.

금일 김구일 고문님의 산수(傘壽)를 거듭 축하드리며 더욱 강건하시고 우리 후배들을 계속 정상으로 이끌어주시길 앙원(仰願)합니다.

끝으로 이번 족보 발간에 애쓰고 고생하신 인간미 넘치는 박관식 현 회장께 경의와 고마운 마음을 전합니다.

감사합니다.

예봉
산
해발 683m

재경충주고동문산악회여, 영원하라!

백광명(29회)

山!

언제 들어도 정겹고 설레게 하는 단어!

내가 산과 인연을 맺어온 것이 어느덧 30년!

젊은 나이에 일찍이 사업에 실패한 이후 지친 몸과 마음을 달래기 위해 등산을 시작한 곳은 집 근처의 나지막하지만 포근한 느낌의 분당에 있는 불곡산이다.

"동네 뒷산도 산은 산이다"라는 말이 있듯이 처음에는 정상(335m)까지 3~4번을 쉬어 오르던 것이 어느 때부터인가 한 걸음에 오르고 내리는 수준이 되었다.

이즈음부터 전국의 수많은 산들과 친해지기 시작했다. 설악산(대청봉)을 시작으로 지리산(천왕봉)을 거쳐 바다 건너 한라산(백록담)까지 일일이 나열할 수 없을 정도로 국내외 수많은 명산의 정상을 밟으며 더욱 산에 매료되었다.

또 그만큼 수많은 산 친구(山友)들과 함께하게 되었으니 지금 칠십의 나이에도 산에 가는 날은 항상 새롭고 설레기만 한다.

그렇게 산에 매료되어 푹 빠져 있을 즈음인 1999년 당시 15~17회 대선배님들이 주축이 되어 움직이던 '재경충주고동문산악회'와 인연을 맺게 되었다. 내 나이 40 중반에 산악회의 막내로서 참여하게 되었지만 조금도 어색함이 없이 항상 즐거운 산행이 기다려지던 시간이었다.

그러던 어느 날인가 정확히는 모르겠으나 일련의 불미스러운 사건으로 인해 산악회가 와해하였다. 그 이후부터는 그동안 사귀어 온 또 다른 산 친구들과 개인적 산행은 계속했지만, 한동안 재경충주고동문산악회는 공식적으로 존재하지 않았다.

그러던 2004년 즈음 어느 날 23회 김호복 선배님의 요청으로 '재경충주고동문산악회'가 부활하게 되었고, 29회 우상국 동문을 신임 회장으로 하여 새로 출발한 이후 숱한 우여곡절을 겪으며 오늘에 이르고 있다.

동문과 함께했던 백두산(천지에서의 안개로 인한 아쉬움), 일본 대마도, 중국의 태항산, 황산 등의 해외 원정 산행은 또 다른 추억이 되었다. 개인적으로는 37회 이상균 후배와 함께했던 일본 북알프스 등반과 28회 김진영 선배와 함께 다녀온 일본 후지산 등반은 색다른 소중한 추억이 되었다.

기회가 된다면 산악인의 로망이라고 할 수 있는 히말라야 ABC 코스 또는 알프스를 우리 산악회 동문과 함께 걸을 수 있기를 기대해 본다.

우리 산악회가 새롭게 출범한 이후 현재에 이르기까지 물심양면으로 큰 버팀목이 되어 주신 19회 김구일 고문님과 초기에 산악회가 활성화될 수 있도록 기틀을 잡아주신 24회 지장선 선배님께 깊은 감사를 드린다.

때로는 우리 '재경충주고동문산악회'가 오래오래 우정을 함께하며 건강하게 즐겁고 안전한 산행을 지속할 수 있기를 바라는 마음이 크다 보니 작은 실수도 쉽게 넘기지 않고 웬만하면 짚고 넘어가는 성격 탓에 표현한 것이 "혹시 내가 필요 이상의 목소리를 낸 것은 아닌가?" 하는 자성도 해본다.

산악회 동문 누구나 같은 마음일 것이며 언제나 그렇듯이 "무슨 일이 있어도 산악회의 맥은 끊지 말자", "잘못된 부분이 있다면 빨리 반성하고 개선하자"를 모두에게 강조하고 당부하고 싶다.

재경충주고동문산악회여, 오래오래 잘 하자!!

■ 2018년 8월 17일 일본 북알프스 ‘야리가타케’에서

■ 2015년 8월 1일 설악산 ‘신선대’에서

■ 2010년 10월 19일 한라산 ‘백록담’에서

등산, 나와 동문 산악회

정익섭(29회)

중·고교 재학 시기와 군 입대 전후 즐기는 운동으로 축구를 좋아했다. 이른 아침에 친목 조기 축구회에 5~6년 동안 매일 혹은 매주 열심히 참석했다. 그래서 기본 체력은 자연스럽게 좋았던 것 같다.

등산은 회사 재직 시절(1983~98) 가끔 동료들과 산행한 것이 전부였다. 회사 퇴직 후 자영업을 하면서 등산에 관심을 갖게 된다.

2004년 봄 친구와 후배의 권유로 가까운 곳을 산행하기 시작한다. 그러던 중 2004년 9월 합천 가야산 등정을 시작으로 동문 후배들이 운영하는 친목 산악회에 월 2회 참석하면서 등산의 매력에 빠진다.

명산들과 가까이 하면서 점점 나의 체력도 향상되었고, 산행의 재미도 가중된 시기인 2005년 하반기에 재경 동문 산악회와 첫 인연을 갖게 된다. 큰 행운이었다.

존경하고 사랑하는 동문 선후배들과 매월 1회 만나 같은 공간을 함께 호흡하면서 근교·원정 산행을 할 수 있어 즐거웠다. 산에 대한 좋은 추억을 함께 공유할 수 있는 것은 또 다른 행복이었다.

꾸준한 산행은 체력 증진에다 심신의 안정과 평화를 주며, 동문간의 우정과 함께 돈독한 친목 유지는 모두의 자산이 되었다. 산행의 즐거움에 집착하다 보

니, 48개월 연속 참석하여 3년 연속 개근의 포상(상품권)도 받은 즐거운 기억도 있다.

그러나 즐거운 생활이 지속되지 못하고 나에게 사업상 위기가 찾아왔다. 미국발 금융위기 사태가 발생하여, 2008년 하반기에 국내 중견 건설업체들을 도산에 빠뜨렸다. 그 여파로 나에게도 힘든 시간이 2년 이상 계속되어 경제적 파산 상태까지 이르게 된다.

고난의 이 시기에 묵묵히 벗이 되어 재기의 힘을 주고 앞으로 나아갈 수 있게 해준 것이 등산이었다. 2010년부터는 배낭을 메고 매월 7~8회 이상 좋은 산을 찾았는데, 그 안식처의 하나가 동문 산악회였다.

매일 차분히 심신을 안정시키고 큰 호흡을 하면서 재기의 무장을 하였다. 그 과정에 20개월 동안 남한의 백두대간 730여 km를 종주하기도 했다. 정신없이 산행하다 보니 어느 순긴 무슨 일이리도 할 수 있다는 자신감과 뒷받침하는 체력이 나를 다시 움직이게 하였다.

　　2015년부터 현재까지, 지금은 힘은 들지만 현장에서 그 자신감과 체력을 바탕으로 아름다운 환경을 만드는 데 매진하고 있다. 내 일은 건강이 허락하는 한 계속 진행할 각오이다.

　　"가벼운 운동이라도 지금 시작하고 계속해야 더 오래 건강하게 살 수 있다고 생각합니다. 건강해야 무슨 일이든 할 수 있고, 어디든 갈 수 있다고 감히 주장합니다.

　　마음의 열정과 도전 정신만이 안주의 벽을 허물고 앞으로 전진할 수 있습니다. 이런 정신이 생성되고 현재 유지되고 있는 것은 19년 동안 산에 오르면서 서서히 각인된 것 같습니다.

　　재경 동문 산악회는 나에게 건강과 재기의 힘을 주었고, 여러 분야에서 활동하고 있는 동문형제님들과 친목할 수 있는 '휴식의 장'이었음에 깊은 애정과 감사의 뜻을 표합니다."

조침령

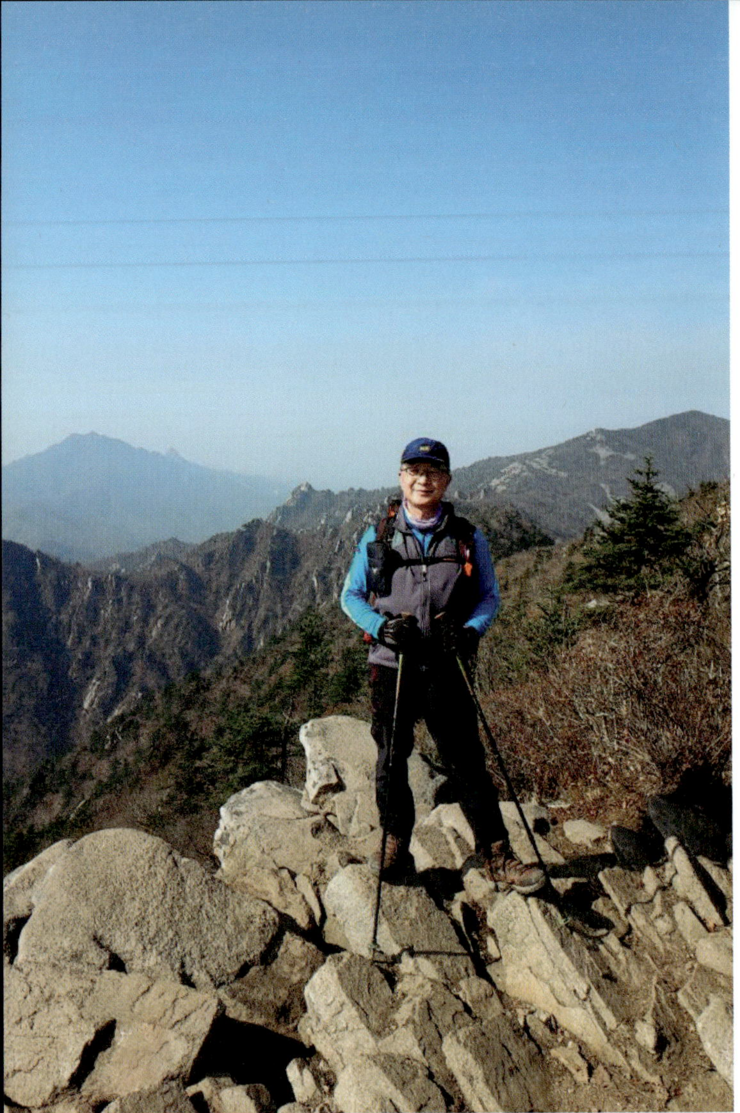

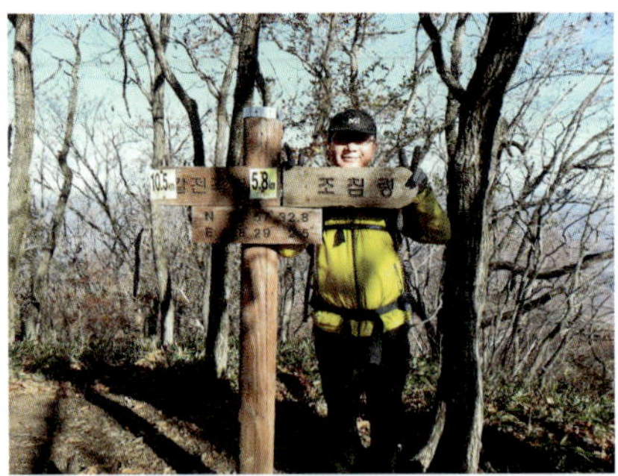

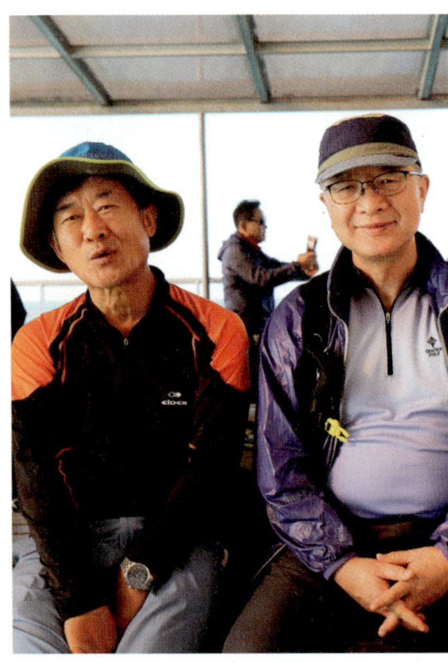

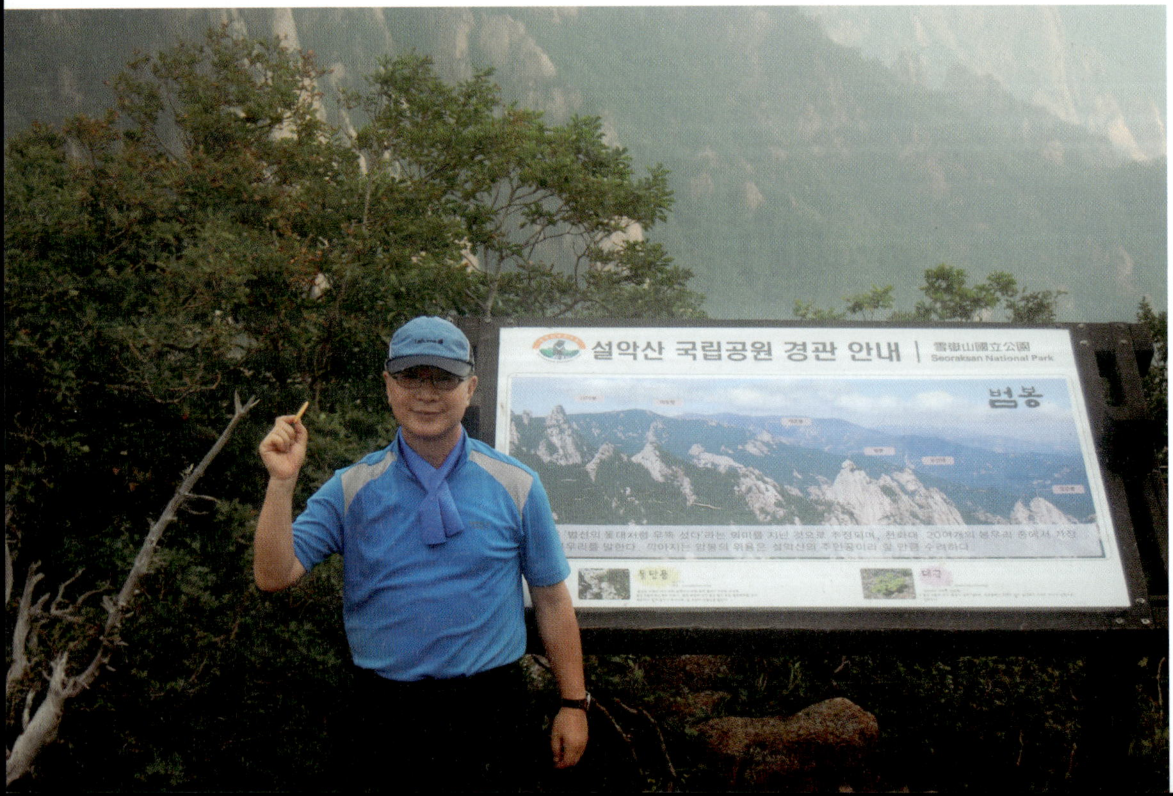
설악산 국립공원 경관 안내
雪嶽山國立公園
Seoraksan National Park
범봉

1993년··· 충주고등학교 육성회 김구일 회장, 국회·교육부 등에 진정서 제출

충주고 7~8등급, 평준화 지역 1등급 성적 수준

재경충주고등학교 동문산악회를 이끌어주는 김구일 고문의 충주고등학교에 대한 애정은 이미 오래전부터 시작되었다. 김 고문이 중수고능학교 육성회상이었던 1993년 당시 학부모들과 함께 국회, 문교부 등에 진정서를 낸 것은 그를 증명하는 일화이다.

비록 과거의 일이지만 30년 전의 교육정책이 얼마나 주먹구구식이었는지 지금 생각해 봐도 참으로 어처구니없는 노릇이다. 한 치 앞도 내다보지 못하는 교육부의 탁상행정은 여전히 헤매고 있는 중이다.

선국 밍문고로 우뚝 신 충주고의 명성이 1994년부터 수능·내신 성적을 반영하는 대학수학능력시험으로 대학입시제도가 바뀌면서 그 손해가 막심했던 것이다.

그래서 1993년 충주고등학교 육성회와 어머니회에서는 「대학 선발 고사에서의 본고사 폐지 및 내신성적 반영 비율의 확대에 따른 모순의 시정과 개선」에 대한 진정서를 학부무 2167명의 이름으로 국회, 교육부 등 관계 요로에 제출했다.

이같은 학부모들의 진정은 울산의 학성고를 중심으로 춘천, 깅릉, 인양, 부천, 진주고 등 비평준화지역 15개 우수 고교 학부모들이 연합으로 벌이고 있는 움직임에 동조한 것이다.

그 무렵 서울대 등 9개 대학을 제외한 모든 대학이 1994년 대학입시 본고사를 폐지키로 했고, 고교 내신 성적의 40%로 확대함에 따라 비평준화지역 우수 고교 학생들이 감수해야 할 불이익이 매우 커짐으로써 학부모들이 들고 일어난 것이다.

특히 충주고의 경우 1993년 3월 실시된 전국수학능력모의고사 결과 7~8등급 학생이 평준화지역 타고교의 1등급 학생과 성적 수준이 같아 내신 성적을 반영하면 같은 실력임에도 약 20점 손해를 보기 때문이다.

이에 따라 이들 학부모들은 현재 일반고교에 적용되는 내신등급 15등급제 대신 과학고의 3등급제, 외국어고의 6등급제와 같은 특혜를 일부 우수고교에도 적용해 줄 것 등 불이익 해소를 요청했다.

1. 내신 40% 반영과 학부모 반발

1980년대부터 전국적인 명문고로 자리를 굳힌 충주고는 학부모들의 뜨거운 열정과 동문회의 조직적인 활동이 두드러졌다. 사회 각계의 인사들도 충주고에 대한 애정과 기대가 남달랐다.

충주고 학생들은 이에 부응하듯 서울대를 30명 이상씩 합격했고, 연고대 등 명문대 진학률이 현저히 높아졌다. 또한 도내 학력경시대회를 비롯해 문예 백일장·미술·웅변 등 충청북도의 각종 대회를 휩쓸어 갔다.

하지만 교육부의 잦은 교육 정책 변경으로 불안한 공부와 함께 진로가 소신 없이 흔들렸던 시기였다. 1994년 대학입시제도는 주입식 교육과 점수 따기 경쟁에 대한 비판으로 공교육의 정상화를 위해 수능·내신 성적과 본고사 위주의 대학수학능력시험으로 바뀌었다.

이 수능시험은 대학과정을 이해하는 데 필요한 수학능력을 측정하기 위한 것. 출제 경향은 종전 암기 위주에서 고등학교 교과 내 사고·창의력 중심의 문제로 전환했다. 또한 고등학교 내신 성적 40% 이상 반영을 의무화한 반면 수능시험과 본고사 반영 여부는 대학 자율에 맡겼다.

그 당시 과외망국론이 대두될 만큼 심각한 과외열풍을 해결하기 위한 대책이었지만 이는 한 치 앞만 바라본 탁상공론식이었다. 충주고의 중간 성적 학생이 비평준화지역 고등학교의 1등급 과 비슷해 내신을 40% 이상 반영하면 같은 실력인데도 약 20점의 손해를 보기 때문이다.

이에 따라 충주고 김구일 육성회장과 정지원 어머니회 정지원 회장은 울산 학성고, 춘천고, 강릉고, 안양고, 부천고, 진주고 등 비평준화 15개 지역 우수 고교 학부모들과 연합해 연판 진정서를 교육부에 제출하고 합리적인 개선을 요청했다.

2. 연판 진정서

다음은 충주고등학교 육성회와 어머니회에서 교육부에 제출한 연판 진정서 내용이다.

대입선발 고사에서의 본고사 폐지 및 내신성적 반영 비율의 확대에 따른 모순의 시정과 개선에 관한 진정입니다.

1. 본고사 폐지에 따른 문제점

교육부는 대학입학 학력고사와 고등학교 내신성적을 기준으로 선발하던 종전의 대학입학시험제도를 개선해 대학 수학능력시험과 40%로 상향조정된 내신성적을 반영하되 대학별 본고사를 대학이 자율 선택해 대학입학 선발척도로 한다고 발표한 것이 엊그제였습니다.

그런데 대학의 비리 사항이 밝혀지면서 교육부가 발표한 대학입학 선발 척도에서 본고사 폐지를 유도한 결과, 전국의 9개 대학을 제외한 대부분 대학이 수학능력시험과 내신성적만으로 선발한다고 수정·발표함으로써 일선고등학교의 94 대학입학 희망자와 이들을 지도할 교사와 학부모들의 불안과 고충이 이 만저만이 아닙니다.

아울러 이 제도의 시행에 따른 문제점으로는 첫째 현재 고등학교 학생이 준비해 오던 본고사 위주의 진학 준비가 무용지물이 되고, 본고사 폐지로 인해 내신성적이 합격·불합격의 결정권을 쥐게 되었다는 것입니다.

이에 따라 다수의 학생들이 자퇴하여 검정고시에 응시하는 방법을 취하거나 타교로 진학하여 내신성적의 향상을 노리는 사태 등이 발생하여 파행적인 교육을 야기할 수 있습니다.

또한 현재 전국의 고교입시 방법이 대도시 중심의 평준화지역과 소도시·시골의 비평준화지역으로 구분되어 있는데, 비평준화 지역의 우수 고교학생이 내신성적에 심대한 불이익을 받는 것입니다.

예) 비평준화지역의 같은 소도시의 두 학교의 차

C고			D고		
	인문계	자연계		인문계	자연계
정원	140명	351명	정원	136명	294명
1등급 인원	4명	10명	1등급 인원	4명	8명
모의고사 점수	162점(D고의 1등급에 해당하는 127점 이상의 학생이 91명)	170점(D고의 1등급에 해당하는 130점 이상의 학생이 155명)	모의고사 점수	127점(127점은 C고의 9등급에 해당하는 학생의 수)	130점(130점은 C고 8등급에 해당하는 학생의 점수임)

위의 도표를 볼 때 C고의 인문계 91등인 학생이 127점으로 D고의 4등인 학생과 수학능력고사 점수는 동일하지만, 내신성적에서 8등급 차이로 대학입학 선발고사에서 20점의 불이익을 받아 합격·불합격이 내신성적에 의해 좌우된다는 것이다.

2. 문제점 개선을 위한 제안

이와 같은 불합리점을 보완·개선하기 위해 다음과 같이 건의합니다.

첫째, 내신성적이 합격·불합격을 좌우하는 폐단을 다소나마 줄이기 위해 수학능력고사의 200점 만점 제도를 대폭 상향조정하여 수학능력고사에서 어느 정도 능력의 차이가 변별되도록 하자는 것입니다.

200점하에서 130점과 120점의 차이는 10점 차이로 내신성적 4등급 차이면 만회할 수 있으나 300점 만점으로 하였을 때는 15점 차이가 되어 내신성적 6등급 차이여야 만회할 수 있어 다소 그 피해를 줄일 수 있다고 생각됩니다.

둘째, 과학고, 외국어고, 검정고시자의 등급 부여와 같은 선례에 따라 지역의 학력우수 고교에도 형평의 원칙에 따라 차등급의 내신성적을 부여할 수 있다는 생각입니다.

셋째, 수학능력고사의 결과에 따라 전국 학생의 서차를 내고, 각각의 등급에 해당하는 백분율에 포함된 학생 수를 학교별로 산출하여 학교별로 인원수를 배정해 주면 각 학교에서는 등급별로 배정된 인원수를 학교의 내신성적 산출 방법에 의하여 산출하면 학교 교육의 정상화와 함께 학교차를 무시하고 일률적으로 적용하는 내신등급의 불합리를 개선할 수 있습니다.

(예: A고교의 문교부지정 1등급 백분율이 3%로 정원이 100명일 때 1등급에 해당하는 학생 수는 3명으로 한정되어 있으나 수학능력고사 결과 전국 백분율 3%에 해당하는 학생이 10명이면 A고교의 1등급 백분율 10%로 조정해 주어 10명을 1등급으로 하는 것입니다)

1993년

상기 연관 서명의 발의자

충주고등학교 육성회장 김 구 일

충주고등학교 어머니회장 정지원

반기문 유엔사무총장 국회연설
2012년10월30

Welcome to The New Zealand
Alpine Club
Ruapehu Hut
On arrival, please:
Remove your crampons.
Appoint a fire warden for your group.
Turn on the power. Switchboard is in the drying room.
Turn on the cellphone in the kitchen.
Remove boots and wet gear before entering the main room.
Conserve Water.
Water supply at this hut is a major concern. During winter
there is little opportunity for the water tank to be filled as
most precipitation is in the form of Snow. Please be
considerate to future users of the hut.
Conserve water even if there is plenty of water now.

■ 2005년 12월 국원산악회 송년모임

벼는 익을수록 고개를 숙인다고 했습니다.

그런 반면 사람들은 어떤가요?

자신의 위치가 남보다 조금이라도 높다고 여겨지거나 현재 자신이 성공가도를 달리고 있다고 판단되면 세상에 자신이 전부이고 최고인 것처럼 한없이 높아지기만을 원합니다.

오히려 그런 때일수록 겸손의 미덕이 더 아름다운 것 같아요.

세탁소에 갓 들어온 새 옷걸이에게 헌 옷걸이가 얘기하길….

"너는 니가 옷걸이라는 사실을 한시도 잊지 말길 바란다."

"왜 그 사실을 강조하시나요?"

"잠깐씩 입혀지는 옷이 자기의 신분인 양 교만해지는 옷걸이들을 그동안 많이 보았기 때문이란다."

매월 마지막 주로 운영되는 산행을 통하여 많은 사람들이 변화되어 가고 있습니다.

평소에 바쁘다는 핑계로 함께하지 못한 분들과 함께하는 산행이기에 더욱 소중합니다.

이번 도심 속의 명산인 인왕산을 걸으며 다시 한 번 귀한 만남을 갖도록 하겠습니다.

– 국원산악회장 우상국

▶ 일시 : 2005년 12월 17일(토요일) 오전 10시 집결(경복궁역 1번 출구)

▶ 어떤 산: 인왕산(약 2시간 산행 후 송년모임 예정)

※ 가족과 함께 오셔도 됩니다^^

■ 2006년 1월 삼각산 등산 안내

1. 일시 및 장소: 1월 22일 일요일 3호선 구파발역 9시 정각

2. 회 비: 10,000원

3. 새해 첫 등반은 올해 휴식년제에서 개방된 삼각산으로 정하였습니다. 10년 만에 개방된 삼각산 새해 첫 등반에 회원님들의 많은 참여 바랍니다.

4. 코스: 밤골매표소 - 숨은벽능선 - 백운산장 - 인수산장 - 하루재 - 영봉 - 육모정매표소 약 7.7km

5. 준비물: 겨울 날씨가 항상 변동이 심하오니 월동 장비 필히 준비해 주세요.(아이젠,장갑,방한모,간식등)

6. 연락처: 회장 / 우상국 017-366-6217

   등반대장 / 김기호 010-8320-5695

   총무 / 윤 길중 011-667-0591

■ 2006년 2월 도봉산 등산 안내

1. 일시 및 장소: 2월 26일 일요일 1호선 도봉산역 9시 30분(만남의 광장 _ 지난 번 커피 마시던 곳)

2. 회비: 10,000원

3. 2월 등반은 도봉산 자운봉으로 정하였습니다. 2월 등반에 회원님들의 많은 참여 바랍니다.

4. 코스: 만남의광장 - 도봉산장 - 자운봉 - 도봉산장 (약 4시간 소요)

5. 준비물: 날씨가 항상 변동이 심하오니 일기예보 확인 후 월동장비 준비해 주세요.(아이젠, 장갑, 방한모, 간식 등)

6. 연락처: 회장 / 우상국 017-366-6217

   등반대장 / 김기호 010-8320-5695

   총무 / 윤길중 011 667 0591

■ 2006년 3월 계룡산 등산 안내

1. 일시 및 장소: 3월 26일 일요일 3호선 양재에서 7시에 만납니다(관광버스 타고 분당 동문들과 만나 계룡산 등반 계획입니다).

2. 회비: 20,000원(차량 운행비 때문에 약간 인상됐습니다)

3. 3월 등반은 계룡산으로 정하였습니다(춘계 등반 이벤트로 부부 동반이며, 분당 동문 산악회와 연합하여 등반합니다. 차량 운행상 사전 예약하오니 회원 분들은 전화로 참석 연락 부탁드립니다). 3월 연합등반에 회원님들의 많은 참여 바라겠습니다. 시간 및 정확한 모임은 다시 개별 연락하겠습니다.

4. 준비물: 날씨가 항상 변동이 심하오니 일기예보 확인 후 월동 장비 준비해주세요.(아이젠, 장갑, 방한모, 간식 등)

■ 2006년 4월 관악산 등산 안내

1. 일시 및 장소: 4월 23일 일요일 관악산 정문 시계탑 9시 30분

2. 회비: 10,000원

3. 4월 등반은 관악산 연주대로 정하였습니다. 재경 충주고 동문 여러분들의 건강과 단합을 위하여 많은 참석 바랍니다.

4. 코스: 관악산 정문(9시 30분 출발) - 연주대(12시 도착) - 도시락 식사 - 하산(1시) - 사당역(3시 30분) - 간단한 뒷풀이 후 해산

5. 준비물: 개인 도시락

■ 재경 충주고등학교 6월 전체 등반대회 안내

1. 장소: 청계산

2. 일시: 2006. 6. 10(토요일) 오전 9시 30분

3. 회비: 10,000원

4. 주관: 재경충주고 국원산악회

주최: 재경충주고동문회

　재경 선후배님들의 친목도모와 건강관리를 위한 자리를 국원산악회 주관으로 진행할 계획이오니 회원님들의 적극적인 동참과 협조를 부탁드리겠습니다 (연간 6월과 10월 2회 전체등반 계획중입니다).

　국원산악회 등산 일징은 변힘이 없습니다(매월 넷째 주 일요일입니다. 5월 28일은 북한산으로 계획 중입니다).

검봉산행 후기

김기호(36회)

　서울 근교 산행 시간보다 1시간 정도 빨리 서둘러서 8시에 약속 장소인 청량리역 시계탑에 도착하니 하늘은 희뿌옇지만 안개가 긴 걸로 봐선 비가 올 것 같진 않다.

　일주일 전 전국적으로 심한 비 피해를 입은 상태라 오늘의 산행 일정도 마음 편히 잡지 못한 것은 사실이다. 엊그제까지만 하더라도 우 회장님과 상의하여 비가 많이 오면 산행일정을 취소할까도 했는데 다행히도 시원한 게 산행하기 좋은 날씨다. 시계탑 아래에는 부지런한 김홍연 후배와 김영진 후배가 일찌감치 나와서 기다리고 있다.

　우 회장님은 고향에 상가 문상 땜에 못 오신다고 하고 백광명 선배님은 따님 수시입학 시험 때문에 불출석을 선언하셨다. 윤길중 총무는 몸이 아파 못 나온다고 문자 메시지로 연락이 왔다.

　8시 50분 경춘선 무궁화호 열차를 타고 강촌역을 향해 출발한다. 차창 밖으로 보이는 북한강의 꿈틀대는 똬리는 저 멀리 강원도의 흙탕물을 머금고 있다.

　1시간 30분 정도 무궁화호에 몸을 맡기고 오니 강촌역에 도착했다. 북한강 변에 위치한 강촌역에 내려서니 서울 도심에선 느끼지 못하는 향기로운 공기가 코끝을 간지럽힌다. 오른쪽으로 돌아 강선사 방향으로 들어서니 중년의 산

악회원 3~4십 명이 서로 앞서거니 하면서 왁자지껄 올라가고 있다.

그 뒤를 따라 우리 일행도 강선사 앞에서 좌측 길로 들어서서 150미터 정도 오르니 참나무 숲속으로 등산로가 이어진다. 아기자기한 바위 협곡과 돌밭 길 참나무 잡목 숲속을 지나 1시간 정도 오르니 해발 436미터인 강선봉에 도착한다. 멀리 북한강의 굽이굽이 돌아가는 모습은 흙탕물을 뒤집어쓰고 천천히 움직이는 한 마리 구렁이의 모습이다.

출출한 뱃속을 간식과 정상주 한잔으로 채우고 다시 검봉산 정상을 향하여 능선을 따라 걷는다. 강선봉부터 검봉산 정상까지의 능선 길은 완만하여 힘들이지 않고 걸으면서 참나무 숲의 산림욕을 1시간 정도 만끽하면서 산행을 즐길 수 있다.

검봉산 정상(510m)에 올라 한숨을 돌리고 주변의 경치를 둘러보니 뿌연 안개 때문에 멀리 보이지가 않는다. 날씨가 맑을 때는 치악산까지 보인다고 한다. 하산은 남릉을 이용하여 문배마을 위쪽으로 해서 구곡폭포 쪽으로 방향을 틀었다. 구곡폭포 앞에서 촬영을 위해 폼을 잡고 등산화를 풀고 찬 물에 발을 담그니 몸속 깊은 곳의 찐득한 더위마저 빠져 나가는 것 같다.

구곡폭포의 유래는 아홉 가지의 물줄기가 떨어지는데 제각각 아홉 가지 소리를 내면서 떨어진다고 하여 붙여진 이름이란다. 구곡폭포 물소리를 뒤로 하고 버스종점 주차장으로 내려왔다. 대략 4시간 정도의 알맞은 산행시간이 된 것 같다.

주차장 입구의 대나무집에서 산채비빔밥과 감자전을 곁들인 동동주 한잔은 시장기 어린 뱃속을 더욱 맛나게 한다. 느지막한 점심과 동동주 한잔으로 뱃속을 채우고 나니 세상에 부러운 게 오늘은 더 이상 생각나지 않는다.

춘천행 시내버스를 10여분 타고 나오니 강촌역 입구에 도착한다. 서울행은 좌석이 매진이어서 4시 50분 입석으로 끊었다. 기차여행의 맥주 한 잔을 위해 슈퍼에 들러 넉넉하게 맥주를 샀다.

빈자리에 앉아오면서, 맥주 한 잔에 차창 밖의 풍경에 반했다면서 오늘의 등반여행에 모두들 침을 튀기며 자화자찬이다. 청량리역에 도착하니 오후 6시가 조금 넘었다. 모두들 다음 산행의 약속을 하며 저녁 어스름으로 묻어져 간다.

모두들 수고하셨습니다.

2006. 7. 25. 12:35 / 다음 산악회 카페

굿바이 대청봉

이형복(33회)

아직은 단풍이 이른 계절이지만 뉴스에서 설악산에 단풍이 들기 시작했다는 소식으로 은근 마음이 끌렸고 출근해서 인터넷 검색을 해 보았다. 내설악은 자주 갔으니 그 정도는 나한테 무리가 되지 않을 것이라고 생각하고 색소폰 동호회 총무인 아우에게 전화를 걸었다.

"어이! 허 소령 이번 주 연휴인데 설악산 한 번 가면 어떨까?"

이 아우는 예전에 육군 항공대에서 헬기를 조종하던 육군 소령 출신이라 우리는 그를 허 소령이라고 부른다. 일단 두 명은 되었고 동호회에 색소폰 입문 6개월째 되는 매너 좋고 똑 부리지는 성격에 지갑을 열 줄 아는 이 사장을 추가하여 등반조는 3명으로 확정하였다.

2023년 10월 6일(금요일) 출발 한 시간 전, 사무실 근처에 모두 주차를 하고 전기차인 내 차에 짐을 싣고 출발했다. 출발 시간은 6시 30분이었고 저녁은 가다가 강구를 지나 전통 순댓국밥집으로 정했다.

우리 셋은 이미 오랫동안 스크린 골프로 주말마다 돈독한 우정을 쌓아 왔기에 출발부터 시끌벅적하였다. 저녁 식사 때 나와 허 소령은 반주로 수주 한잔을 해서 비수뮤인 이사상이 그때부터는 운선을 하였다.

울진을 지나 동해 고속도로를 타고 양양 도착하는 데 걸리는 시간은 약 2시간 반 정도 소요되었다. 미리 검색해 둔 24시 찜질방에 도착해 보니 완전 촌 동네라 소주 한잔 마실 장소도 없어 속초 시내로 나왔다.

전기차 충전을 해야 되서 검색하니 인근에 한국전력 충전소가 검색되었다. 충전소 가는 도중 충전소 부근에 찜질방이 눈에 뜨였다. 첫날밤은 찜질방에 들어가 피곤한 하루를 접었다.

다음날 아침 7시 기상하여 인근 한식뷔페에서 요기한 뒤 한계령 휴게소를 향해 달려갔다. 도착하니 휴게소 주차장이 닫혀 있었고, 마침 경찰차가 있어 문의하니 오색에 주차를 하고 택시 타고 이 곳에 와야 한다고 했다.

우린 잘 모르니 투덜거리며 오색으로 내려와 폐허가 된 호텔에 일일 주차비 만원이라고 쓰인 곳에 주차를 하고 택시를 잡아 한계령 휴게소로 갔다. 그런데 이게 웬일인가? 주차장이 오픈되어 있었고 사람들은 그 곳에 주차하고 있었다.

"이런 된장!~"

허 소령의 말로는 이쪽으로 올라가야 힘이 덜 든다고 한다. 그 친구가 15년 전 이곳 육군항공단 헬기대대에 있었으니 무작정 믿고 올라갔다. 출발 시간 아침 8시경이다. 나는 10년 전에 허리 수술을 해서 무리가 될 것이다. 그러니 한계령 삼거리까지만 갔다가 되돌아온다고 하였더니 두 아우는 알았다고 하였다.

등산은 원래 처음 30분이 중요하므로 무리하게 하면 안 되므로 천천히 올라갔다. 가쁜 숨을 몰아쉬고 20분 간격으로 쉬면서 가도 많이 힘이 든다. 지도상으로는 3Km라고 하는데 왜 이렇게 가도 가도 끝이 없는지? 수많은 인조계단과 돌계단을 거쳐 능선이 보여 다 왔다고 생각했는데?

내려오는 분들에게 물으니 겨우 반 왔단다? 캑!!!!

"나 내려가면 안 될까?"

그렇게 말을 하니, 두 동생들이 "아이 행님! 왜 그래유, 천천히 갑시다!"라고 한다. 하는 수 없이 원래 한계령 3거리까지는 가기로 했으니 버텨보자고 다짐했다. 힘들게 올라가니 하늘이 보이기 시작하고 능선 위에 올라서니 1키로 남았단다.

　'금강산 구경도 식후경'이라고 영
양보충을 위해 김밥과 간식을 먹고
나서 능선 아래를 내려다보는 설악
산은 참으로 넓고 아름다웠다. 다시
1키로 올라가서 한계령 삼거리에 도
착하니 많은 등산객들이 모여 있었다.

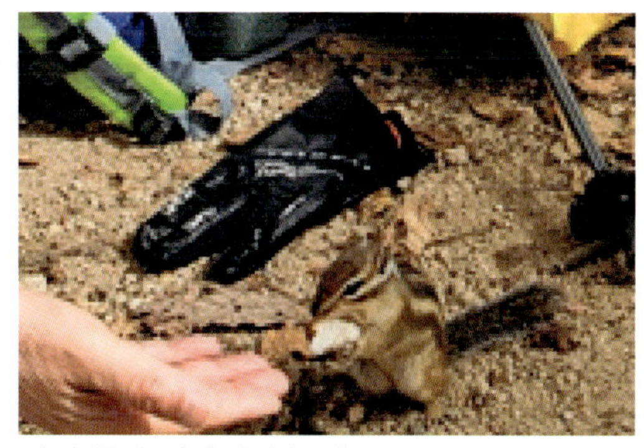

잠시 동안 다람쥐와 놀다.

　한계령 휴게소에서 삼거리까지 3Km 등반에 4시간 걸려 12시 무렵 도착했
다. 우리는 적당한 곳에 자리를 잡고 배낭을 풀어 점심을 먹기 시작했다.

　다람쥐가 내 앞에 와서 나를 빤히 쳐다본다. 과자 부스러기를 주었더니 날름
받아먹고는 도망도 안 가고 그대로 있다. 그래서 아몬드를 손바닥에 놓으니 내
손 위로 와서 맛있게 쥐어 먹는다.

　"거 참 신기하네?"

　다시 한 번 진리를 깨닫는다.

　'해치지 않고 도움을 준다면 모든 살아 있는 것과 친구가 될 수 있구나'

　우리는 증명사진을 찍고 다시 등반을 시작했다. 지금부터는 능선을 약 7
키로 타고 가면 되니까 힘들지 않을 거라고 두 아우들이 부추긴다. 특히 이사
장은 대청봉을 한 번도 못 올라가봤다고 더욱 힘주어 말한다. 그래 또 속아보
자!!!

　다시 시작한 등반길은 처음에는 무난하여 콧노래까지 흘러 나왔다. 이 정도
면 7Km 정도는 별거 아니라고 생각했다. 그러나 그 생각은 삼시일 뿐 그때부
터 시작된 뾰쪽한 바위들이 나를 괴롭힌다. 자칫 잘못 디디면 실족할 우려가
있어 위험했다.

　더욱이 허리수술을 한 나는 올라가거나 내려갈 때 높이 차가 있으면 허리에
상당히 무리가 간다. 조심조신 가긴 하지만 가도 가도 끝이 없다. 반대편에서
오는 분들에게 물어 보면 대청봉은 아직 한참 남았단다.

그 소리가 마치 약 올리는 듯한 소리 같이 들린다. 등반길이 많이 힘들어 속으로는 연실 쌍시옷(ㅆ)이 나온다. 그렇게 한두 시간 갔을까? 이정표에 대청봉 3.7Km 남았으니 반 정도 온 셈인가?

해발 1500미터 도착. 이제 200미터만 올라가면 되는구나 생각하니 희망이 생겼다. 고도가 높아질수록 단풍이 붉게 물들었다. 눈은 호강하는데 몸은 힘들어 "기분은 좋은데 왜 화가 나지?" 내 심정을 '재경산악회' 단톡방에 문자를 날린다.

이 고생이 언제나 끝날까? 예수님께서는 무거운 십자가에 면류관을 쓰고 맨발로 그 무거운 십자가를 지고 골고다 언덕을 올라가지 않으셨는가? 거기에 반해 나는 가벼운 배낭 하나 달랑 메고, 고급스런 모자를 쓰고 등산화까지 신고 있지 않은가? 예수님의 고통을 생각하면 나의 고통은 조족지혈 아니겠는가?

험악한 지형은 항상 실족의 위험이 곳곳에 도사리고 있다. 지금 발목에 힘이 풀려 조심스럽게 한발씩 옮기며 약 1시간 정도 지나니 또 다른 이정표가 눈에 뜨인다. 대청봉 1.9Km. 앗싸! 인증 샷 날리자.

마음을 굳게 먹고 다시 한 시간 정도 가는데 바로 가까이 구름위에 솟은 높

은 봉이 보인다. 마침 그쪽에서 오는 부부에게 물었디.

"저 곳이 대청봉입니까?"

여자 분이 뒤돌아보더니 "끝청봉인 것 같은데요?"라고 한다.

그 곳에서 20분 정도 올라가니 앞에서 웅성거리는 소리가 들린다. 이름하여 끝청봉!

끝청봉에서 바라본 대청봉은 생각보다 멀었다. 저 멀리 중청봉 쪽에 대피소 건물이 보이고 그 오른쪽으로 안개 위에 우뚝 솟은 봉이 대청봉이란다. 눈으로 보기에도 무척 멀어 보이지만 그래도 내리막이라 종종 걸음으로 속도를 내어 출발한다.

저 밀리 이정표가 눈에 보인다. 숭정 0.5Km 대청 1.1Km 느니어 내난원의 막을 내리나 보다. 잠시 땀만 닦고 인증 샷하고 다시 정상을 향해 출발한다.

드디어 중청봉 도착. 도착하자마자 인증 샷을 찍고나니 컵라면에 물을 붓고 기다리는 젊은 부부를 보고 입안에 군침이 사르르 돈다. 바로 허 소령에게 우리도 컵라면 먹지고 하였지만 그 두 분은 가지고 온 것이라고 하고 여기서는 안 판단다. 군침만 삼키고 돌아선다. 우리는 다시 마지막 관문을 향해 출발한다.

중청에서 올라가는 대청봉 마지막 산행. 몸은 이미 기진맥진하였지만 희망이 있기에 지친 몸을 추슬러 올라간다. 젊은 시절 왔을 때는 바람이 심해 모자도 벗고 기어 올라갔던 생각이 난다. 오늘은 바람 한 점 없다. 그러고 보니 오늘 등반에 날씨 하나는 끝내주었다.

나는 기도를 한다.

"하느님 감사합니다. 주님의 보살핌으로 제가 여기까지 왔습니다."

갑자기 예수님의 마지막 말씀이 떠오른다.

"이제 다 이루었다!"

정상에 도착한 시간 오후 3시 40분 거의 8시간 걸려 올라온 셈이다. 대청봉 인증 샷 줄은 많이 길었고 기다리는 시간만 20분 걸렸다.

이제 해지기 전에 내려가야 한다. '내려가는 것은 두 시간이면 되겠지?' 하고 즐거운 마음으로 종종걸음으로 하산을 시작했다. 그러나 그것도 잠시였고 끝없이 이어지는 돌계단이 시작되었다.

나는 다시 등산지팡이를 세팅하고 발 디딜 아래를 지팡이로 찍으며 가능하면 허리에 충격을 주지 않으려고 노력해 보았지만 반복되는 충격에 결국 허리에 무리가 오기 시작했다. 나중에는 무릎까지 충격이 오면서 자연히 하산 속도는 느려지고 차츰 쉬는 횟수가 많아지면서 더딘 하산길이 되기 시작했다.

나는 두 동생들에게 피해를 주지 않으려고 무던히 노력했는데 입에서는 계속 신음을 내면서 발걸음을 내딛는다. 한 시간 정도 내려왔는데 아직도 해발 1500m네? 갑자기 두려운 생각이 든다. 이제 겨우 200미터 내려온 거야? 무

릎과 허리는 아프고 자신이 없어 "아! 우리 119를 부르자"라고 하였다. 그냥 웃자고 한 이야기지만 내심 내 맘은 간절히 원했던 것 같다.

다시 또 하산 길을 재촉한다. 연신 내 입은 신음을 내면서 작지만 힘든 발걸음을 내 딛는다. 가끔 평지성 내리막을 만났을 때 조금 속도를 내보지만 곧 바로 다시 시작되는 돌계단 끝이 없다(ㅠ.ㅠ).

그런데 나 같은 사람이 제법 많았고 다들 힘들어 하는 기색이 역력하다. 어느새 시간은 6시를 향하고 어둑어둑해지기 시작하니 마음이 더 급해졌다. 잠시 쉬는데 허 소령이 "형님 진통제 타이레놀 있는데 한 알 드릴까요?"라고 하였다.

"야 그걸 왜 이제 이야기 해?"

나는 두 알을 챙겨 먹었고 이제부터는 진통제에 의존해 내려 가보자고 맘을 굳게 다짐한다. 내 가방을 허 소령이 대신 메어준다고 한다. 자존심은 상하였지만 그렇게 해서라도 안전하게 내려가야 한다는 생각에 제안을 고맙게 받아들였다. 그러고 나니 몸이 가벼워 조금은 내려가기 수월한 듯하다.

7시경 되이 이두워지면서 손전등을 커기 시작했다. 돌게단은 어두우면 더 위험하다. 그래서 한발 한발 조심해서 디뎌야 한다. 갑자기 산 계곡 물소리가

들린다.

　"오마이 갓!"

　이게 거의 다 내려왔다는 정다운 소리다. 우리는 계곡물에 머리와 얼굴을 담가 피로를 씻어낸다. 그리고 나서도 약 한 시간 정도 후에 우리는 영영 못 돌아올 것 같았던 오색약수 입구에 도착했다.

　우리는 입구에서 셋이 부둥켜안고 엉엉 울었다.

　"이제 정말 다 이루었다!"

　그러나 내 남은 생에는 두 번 다시는 대청의 대자로 꺼내지 않으리라 다짐한다.

　"굿바이 대청!!"

이형복의 마지막 대청봉 산행

2023년 10월 7일(토)

설악산 한계령 사거리
체력의 한계에 도전중입니다.
대청봉까지~.
여기 설악산 1200미터 올라왔네.
슬로우 슬로우~

▶ 14:22

이형복: "끝칭. 지금 내 심경은? 기분은 좋은데 왜 화가 나지? 으 쌔"
관식: "대청봉이 아니라 끝청 갔다가 한계령으로 회귀하는구나. 기분은 좋은
　　　데 무릎이 아파 화가 나는 거지~ ㅎ 하산 때는 더 힘드니까 스틱에
　　　의존해 잘 내려오시게."

▶ 15:54

이형복: "이제 화 다 풀렸음"

▶ 16:15

유해운: "박 대장 없이 어려운 대청봉을 오르시다니"

▶ 16:48

신중철: "훌륭하십니다."

▶ 18:07

엄기남: "형복 친구, 대청봉 산행 축하하고. 중청봉_소청봉까지 단풍이 드넹~^^"

▶ 19:26

이형복: "12시간 산행 대청봉에서 오색약수 내려오는 길 지옥 싶이더마요.
　　　진통제 먹고 5키로 내려오는데 4시간 절룩거리고 내려왔습니다."

"총 등반시간 12시간. 휴~ ♡♡♡
대청봉은 이제 제 인생에서 마지막
등반입니다."

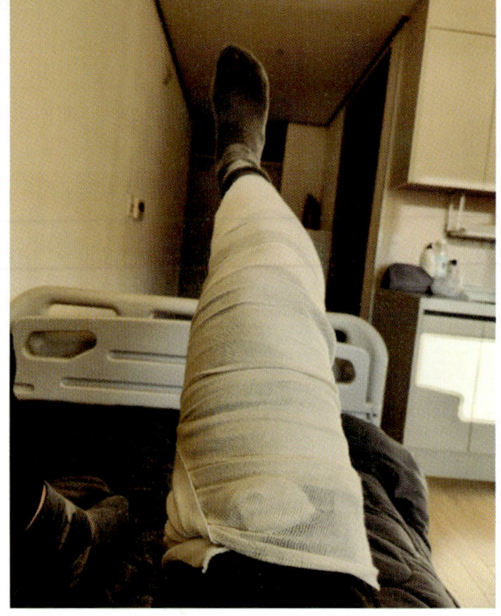

대청봉 산행 이후 다리에 탈이 난 모습.

▶ 10월 8일 11:18

엄기남: "설악산 기본이 10시간 산행,
　　　가을은 해가 짧아 서둘러 산
　　　행해야. 기본 산행한 사람만
　　　이 종주할 수 있는 명산＿. 남
한에서 가장 멋진 공룡능선 6월초, 산행했는데 풍광이 멋져요."

▶ 11:56

지장선: "수고했어요. '인생에서 미지막'이란 언어는 빼 주었으면 좋겠네요.
　　　극한 등산이 부활하게 되면 참여 안 하려고요? 축하해요."

▶ 13:10

이형복: "선배님, 저는 10년 전 척추 5, 6번이 파열되어 모두 인공연골로 교
　　　체하여 4급 장애판정을 받았습니다. 오르막은 하체 힘으로 견딜 수
　　　있습니다. 그런데 계단성 돌 내리막은 도저히 안 되더라고요. 허리
　　　가 약하니까 무릎에 충격이 오고 결국 동생들이 배낭 메주고 절룩
　　　거리며 신음과 고통소리를 내면서 내려왔습니다. 등산은 제 신체조
　　　건과 체력에 맞게 해야 됨을 실감합니다. 동반자들에게 피해를 주
　　　면 안 된다고 생각했고 앞으로도 무리한 등산은 안 할 생각입니다."

지장선: "미안해요. 그런 내막을 모르고 있는 내가 부끄럽군요. 그러고도
　　　1708m 대청봉을 등정한 것 보면 자기관리를 잘 했다는 증거입니다."

이형복: "네, 저도 다치기 전에 지옥등반 몇 번 했습니다. 지금도 마음만은
　　　항상 산에 가 있지요. 어제는 너무 힘들어 제 스스로 너무 처참해서
　　　그런 말이 나온 것 같습니다."

220회 산행 기념을 축하하오며

엄기남(33회)

오랜 세월 안전하게 산행을 재경 충주고 산악회 동문님과 희로애락을 같이 하며, 제220회 산행을 축하하오며 기쁘고 영광으로 생각합니다.

산행시 선후배님을 형제보다도 자주 만나고 산행을 하며 담소를 나누고, 땀을 흘려 정상에 올라 맛난 김밥, 동문님께서 준비한 과일, 족발, 막걸리로 건배를 "재경 충주고 산악회를 위하여!" 힘차게 외칩니다.

오랜 동안 월 1회 산행 서울 및 근교 도봉산, 북한산, 관악산, 수락산, 불암산, 청계산, 북악산, 인왕산, 신본 수리봉 등등 수많은 산행….

국내 원정 산행으로 설악산 대청봉, 지리산, 덕유산, 월악산, 평창 계방산, 태백산 눈 산행, 소백산, 춘천 삼악산, 앙성 국망봉 산행과 비내섬 1박2일 어죽 일품, 삼탄 강변의 1박2일 천렵, 괴산 명산 산행 등등….

여름에 설악산 한계령~대청봉~천불동 계곡 산행이 기억에 남습니다.

김구일 대선배님, 동배님과 칠흑 같은 밤 새벽 가파른 한계령을 산행하는데 대선배님께서 어찌나 잘 오르는지 감동하며, 박용헌 신배님께서 깜깜한 밤 산행에 바위에 넘어져 걱정을 다행히 조그만 상처로 안도했지요.

설악산 소청봉, 중청봉, 대청봉 주변의 여름 야생화 금강초롱꽃, 작고 앙증맞은 귀여운 잔대 꽃, 분홍 오이풀 등등 귀한 꽃을 감상하며 즐겁게 촬영하였습니다.

청산도 원정 산행 여행도 기억에 뚜렷합니다.

2010년 7월 말경 더운 여름 첫 번째 청산도 여행과 산행.

마이크로버스를 타고 동문님과 1박2일 즐겁게 출발했지요.

진도 아리랑 영화 『서편제』 촬영지로 유명하고 청산도 슬로시티, 구들장 다랭이논, 초분 등….

동문님과 다랭이논 따라 도보로 산책하고, 한낮에 더운 날씨라 시장한데 정자에서 전복 라면에 시원한 소주·맥주는 꿀맛이었지요.

조용한 바닷가에서 수영도 하고, 저녁에는 박관식 회장이 추천한 민가주택에서 동문님과 즐거운 만찬 전복 회, 삶은 전복, 뿔소라에 소주와 맥주는 일품이

었어요.

아침에 지장선 선배님 사모님께서 해주신 해장 전복죽은 너무 맛나서 잊을 수가 없습니다.

그 다음날 목포로 이동해 동문님과 유서 깊은 유달산 중턱에서 푸른 남해 바다를 바라보고 기념사진을 촬영했지요.

백광명 선배님이 추천한 목포 홍어애탕 음식점에서 맛난 홍어 애탕과 막걸리는 끝내주었습니다.

상경하면서 서해 새만금 방조제도 둘러보고 동문님과 아름다운 추억이 새겨진 청산도 여행이었습니다

13년 만에 2023년 8월 여름 두 번째 청산도 여행을 다녀왔습니다.
리무진 버스를 타고 즐거운 1박2일 여행과 산책.

그동안 세월이 흘러서 청산도 마을을 마이크로버스 타고 청산도 해안가를 한 바퀴 여행하는데 푸른 바다 청산이 멋집니다.

동문님께서 즐겁게 담소를 나누며 기념사진을 촬영합니다.

한옥 주택에 여장을 풀고 저녁 명품 전복 회, 삶은 섭, 뿔소라에 소주·맥주로 건배사를 힘차게 외치며 아름다운 밤은 깊어가고….

다음날 아침 제가 추천한 전라남도 신안군 천사대교로 이동해 주변 남도 풍광 자연을 만끽하고, 갯벌로 유명한 천사대교를 즐겁게 여행하였습니다.

지방에 출장 때마다 버스를 타고 지나면 동문님과 이미 오른 산에 대한 추억이 파노라마처럼 떠오릅니다.

한국의 이미 오른 명산마다 우리 충주고 산악회 회원님의 발자취가 서려 있으며, 그 자체로 산행 역사가 되었습니다.

기록으로 많이 오래 많이 남기려고 산마다 오르면 주저 없이 동문님, 기암괴석, 노송, 자연 생태 등등을 힘이 들어도 스마트폰으로 사진 촬영하는 게 즐거웠습니다.

촬영한 사진은 카톡방에 등록하고, CD에 담아 잘 보관하고 있습니다.

충주고 산악회원님의 해외 원정 여름 산행과 여행도 오래도록 기억에 남아 있습니다.

중국 태항산을 3박5일 동안 동문님과 즐겁게 산행·여행하였습니다.

태항산은 남북 650km, 동서 250km로 미국 그랜드 캐년 계곡의 10배 규모라고 합니다.

아시아의 그랜드 캐년인 태항산의 계곡 규모가 거대하고 웅장합니다.

김구일 대선배님, 동문님과 여행하면서 웅장한 산과 계곡 등 자연을 산책하면서 감탄을 연발하며 감동의 연속이었습니다.

『삼국지』에 회자되는 중국의 장군들이 떠오릅니다.

식사 때마다 맛난 음식에, 시원한 청도 맥주는 반주로, 동문님과 즐겁고 오래 두고두고 기억되는 여행이었습니다.

태항산(太行山)의 웅장한 팔천협(八川峽)은 중국 산서성(山西省) 장치시(長治市) 호관현(壺关县) 태항산대협곡(太行山大峽谷)에 위치합니다.

'주로 불간경(走路不看景) 걸으면서 보지 말고, 간경 불주로(看景不走路) 보면서 걷지 말라'는 팔천협(八川峽)은 남북으로 뻗어 있는 지협입니다. 길이 13km, 폭 20m, 좁은 곳 3m, 낙차 300여m 등에 이르는 광활한 협곡에 펼쳐져 있습니다.

팔천협(八川峽) 북구의 절벽 주변에는 8개의 샘이 있는데, 일 년 내내 물이 흐르고 분수폭포가 바닥으로 떨어져 팔도의 물이 모여 흘러나와 그 이름을 따서 팔천협이라고 합니다.

팔천협(八川峽) 여행은 전동차로 이동해 계곡 유람선을 타고, 계곡 산책과 도보를 거쳐 케이블카로 이동했다가 다시 도보로 움직여 수직 엘리베이터를 타고 하산합니다.

산의 철학(哲學)을 아시는지요?

사람들은 왜 산에 올라가는가?

"산이 거기에 있기 때문이다. 산이 우리를 부르기 때문이다"라고 영국의 등산가인 멀로리 경은 말했습니다.

" 영혼이 고독하거든 산으로 가라"고 독일의 어떤 시인은 노래하였습니다.

인생이 우울해지면 산으로 가는 것이 좋습니다. 배낭을 메고 조용한 산길을 정다운 친구들과 같이 걸어가면 인생의 우울증이 어느새 안개처럼 사라집니다.

우리는 이 위대한 자연의 철학자인 산한테서 많은 것을 배웁니다.

산의 침묵의 덕(德)을 배우고, 장엄미를 배우고, 조화의 진리(眞理)를 터득하고, 진실(眞實)의 정신을 깨닫고, 우정(友情)을 알고, 또 인간의 한계를 인식해야 합니다.

공자께서 "인자요산(仁者樂山); 인자는 안심입명의 경지에 도달했기 때문에 만고부동의 산을 좋아하고, 지자요수(知者樂水); 지자는 유동적이기 때문에 쉬지 않고 흐르는 물을 좋아한다"고 하였습니다.

사계절 산에 가면 철따라 아름다운 야생화가 만발하고, 나뭇잎이 연초록에서 단풍잎으로 변하고, 산의 맑은 공기을 마시며 동문님과 무슨 야생화인지, 무슨 나무인지, 무슨 새인지 공부하며, 사진도 촬영하고, 안전하게 하산하여 시원한 계곡물에 발을 담그면 쌓인 피로가 사라지고, 대자연에서 호연지기(浩然之氣)을 기르며 심신의 건강함을 느낍니다.

100회에 이어 200회 달성을 하고 앞으로도 300회 안전산행이 계속해서 이어지리라 믿어 의심치 않습니다.

그 동안 많이 찬조해 주신 김구일 대선배님, 동문님들에게 감사드립니다.

초대 우상국 회장님을 발판으로 현재까지 7대 박관식 회장님, 총무님, 산악대장님 등을 비롯하여 재경 충주고 산악회 회원님의 건강과 무궁한 발전, 행운이 영원히 함께하길 기원합니다.

감사합니다.

寶蓮山
765M
보련산
해발 764M
충청북도 충주시

2012년 설악산 번개 산행

박관식(33회)

번개 산행이지만, 정기산행 못잖게 10명이나 참여하여 성황을 이뤘습니다.

지장선 회장님을 위시하여 28회 박용현과 김세진 선배, 29회 백광명과 정익섭 선배, 35회 추성면, 39회 박병규와 황순구, 60회 이재범 동문 등이 그 영광의 얼굴입니다.

오색 약수터에서 새벽 4시에 출발해 대청봉 일출 7시 43분에 맞추기 위하여 다들 열심히 끈끈한 우애를 자랑하며 정상을 향해 묵묵히 전진했습니다.

저 역시 단단히 마음을 먹고 산행에 나섰지만, 출발할 때부터 무거운 배낭 때문에 불길한 느낌을 가졌습니다. 대형 코펠과 함께 버너, 가스통, 대형 돗자리, 2리터 물, 3홉들이 소주 3병, 안주류, 카메라 등으로 젊은 군인들이 메는 완전군장 무게에 달했습니다.

아차~ 싶었지만 때는 이미 너무 늦어 있었고, 무작정 참고 오르는 수밖에 없었습니다. 중간에 쥐가 몇 번씩이나 물어뜯었지만 간신히 쥐 놈에게 먹을 것을 주며 가까스로 달래 쉬엄쉬엄 올랐지요.

제가 힘들어하는 것을 처음 보았다는 백광명 선배의 말처럼 정말 장난이 아니었지요. 사실 코펠과 버너만 아니었더라도 그리 무겁지 않았을 텐데. 체중이 60Kg밖에 안 되는 놈이라 배낭의 무게는 더욱 강하게 압박을 했던 것이지요.

　결국 정상을 앞두고 도저히 오를 수 없어 젊은 이재범 후배와 배낭을 바꿔 메고서야 정작 정상에 도달했습니다. 다행히, 바람이 뜻밖으로 약해 대청봉 정상은 그리 춥지 않았습니다.

　대청봉에서 본 동해의 일출은 장엄했습니다. 백광명 선배는 뭔가 소원을 빌고 있었습니다. 이미 도착한 일행은 일찌감치 중청대피소의 식당을 차지하기 위해 내려가고 우리도 서둘러 하산했습니다.

　대피소 지하 식당에 들어서면서 곧장 눈이 휘둥그레졌습니다. 우리 일행은 이미 가운데 식탁을 점령하고 있었으며, 주변 사람들이 부러움의 눈으로 힐끔힐끔 쳐다보는 것이었지요. 왜냐하면, 그도 그럴 것이 꿈에도 생각하기 힘든 떡만두국을 끓이고 있었기 때문입니다.

　저는 그런 거지 근성의 비겁한 눈길들에게 '어디서 넘보냐'는 식으로 꾸짖어 물리치면서 합류했습니다. 간혹 거지처럼 아부하면 음식을 나눠 주는 것이 등산 마니아들의 예의이기 때문이지요.

　　그러나 배고픈 10명의 우리 동문들이 있는 이상 그런 선심은 지나친 위선이라 싶었지요. 다행히 우리 동문들은 저의 심통을 이미 간파했는지 사골 떡만두국을 빼앗기지 않을 태세였습니다.

　　그나저나 저보다 더 무거운 짐을 짊어지고 올라온 박병규 후배의 떡만두국 요리 솜씨를 보고 그제야 속으로 탄성을 내질렀습니다. 정말 눈물이 날 만큼 고마운 후배였습니다.

　　다들 말은 직접 하지 않았지만 그런 느낌을 가질 수밖에 없는 순간이었습니다. 제가 구운 김과 후추가 있으면 좋겠다는 말이 나오기 무섭게 꺼내 뿌리는데 더 이상 할 말이 없었습니다. 바로 이것이 우리 충주고등학교 산악회의 끈끈한 정이었습니다. 다시 한 번 감사의 마음을 전합니다.

　　이번 산행에 참석한 동문은 물론 시간상 참여하지 못한 동문들도 설악의 사진과 함께 설경의 멋진 풍광을 즐기시기 바랍니다.

산악회 문집을 만들자!!

안녕하십니까.

그동안의 발자취를 뒤돌아보며, 그 아쉬웠던 점을 새로운 기운으로 충전하여 더 많은 추억으로 생성해 남은 우리의 삶을 따뜻하게 하고자 합니다.

Ⅰ. 지나온 우리들의 역정(歷程)을 글과 사진으로 남겨 책을 만듭니다 (각 회원이 소장 중인 추억의 사진과 관련 글, 개인 시·수필 등 문학 작품을 보내주세요. 8월 31일까지).

Ⅱ. 책이 발간될 즈음, 우리 동문의 행복한 모임을 위해 늘 무한한 격려와 후원으로 자리를 굳건히 지켜주신 김구일 고문님의 팔순(八旬) 축하연 모임을 실시합니다(2023년 10월 중).

Ⅲ. 모든 회원의 적극적인 참여와 관심만이 뜻있게 원활히 성사될 수 있습니다. 동문 여러분의 많은 협조 부탁드리며 건강과 행운이 함께하시길 바랍니다.

2023년 6월 16일
주진위원장 박관식 농분산악회상

재경춤고 산악회

훳 팅!!!

우리 모임이 늘~ 자랑스럽고 참 대견하다고 생각합니다.

많은 인원은 아니지만 이렇게 끈끈한 선후배간의 만남 그리 많지는 않습니다.

문득 지난 세월의 사진들을 보면 그리 많은 시간이 지나지 않은데도 그때가 그립고,

참 좋았구나 하는 마음입니다.

이제 이 모든 것을 한 묶음의 책이 발간된다니 박수 보냅니다.

수고하는 회장단과 익섭 후배님께 감사드립니다.

부디 좋은 책이 발간되도록 모든 회원들이 관심 가져주시길 바랍니다.

고맙습니다.

2023. 6. 18. 김구일 고문

창립(創立) 20년!

긴 시간 함께 할 수 있어서 고맙습니다.

수고(手苦)하시는 친구 익섭, 후배 관식 회장께 감사와 응원의 마음 전합니다.

모두 합심하여 추억(追憶) 여행에 동참해서 뜻깊은 자리, 정(情)을 나누는 산수연(傘壽宴)이 되기를 소망합니다.

저도 창립 구성원으로 적은 힘이나마 보태겠습니다.

즐거운 주말되시기를 바랍니다.

2023. 6. 18. 우상국 고문

20년 긴 시간 동문님과 경인 산행과 원정 산행, 해외산행 등

즐거웠던 일, 힘들었던 일, 아름다운 추억이 많이 떠오릅니다.

고문님 팔순을 맞이하여 충주고 산행기 출판 좋은 일입니다.

경인 충주고 산악회 역사 기록에 동참하겠습니다.

즐거운 휴일 보내세요~^^

2023. 6. 20. 엄기남(33회)

陽瀑待避所

전건상 동문 1주기에 보내는 글

오늘 건상이 있는
무지개 뜨는 언덕 가서 만나고 왔네!
세월 참 빠르군.
팬데믹이 한창일 때라
가는 길 배웅도 제대로 못해
1년 내내 아쉽고 미안했는데,
오늘 보고 오니
이제 마음이 편하네.

무엇이 그리 바빠 그렇게
황망히 우리 곁을 떠났는지
생각하면 할수록 밉다.
너무 아쉽고 아깝고 또 아깝다.

눈 쌓인 대청봉을 가며
끝까지 뒤에서 밀고

앞에서 끌어주던 사람!!!
여름에 억수처럼 쏟아지는
빗속에서도 스틱을 잡고
앞에서 끌어주던 사람!!!

설악산이며 북한산이며
도봉산 불암산 수락산 사패산 수리산
그 많은 크고 작은 산을 다니며
함께한 세월이 얼마인가!!

여보게, 이 사람아!
이제 봄이 오는데
산과 들에 꽃도 보고
같이 가야 되지 않겠나?

속초에서 먹던 회가 그립지 않나
희운각에서 먹던 라면 그립지 않나
그 추운 겨울 대청서 먹던 오뎅은 먹고 싶지 않나~??

아~~ 보고 싶다, 건상아
그곳 북망산천에도 봄이 오겠지?
건상아~
또 불러본다
요즘은 가끔 교가비 주양래 홍규랑
좋은 곳만 골라 같이 간다네.

다음 달엔 인왕산 벚꽃 보러 간다네.
벌써부터 가슴이 설레네!
선배를 알고 동기를 위하고
후배를 챙기는 자네,
왜 이리 그리운지
오늘 자네 보고 많이 울었네.

섭이도 왔다 갔더군!
자네 부인과 아이들도 만났네.
자꾸 눈물이 나서 힘들었다네.
그래도 건강하고 밝은 모습 보니 위로가 되더군!
걱정 말게, 식구들 잘 있는 거 같으니

여보게, 한 가지 부탁이 있네.
재경 충고 동문 산악회
잘~ 꾸려나가도록 높은 그곳에서 챙겨주시게나
이제 줄여야겠네.
언세고 시간나면 또 가겠네.
편히 쉬시게~~
안녕 ~~ 안녕!!!

2023. 3. 10. –김구일 고문

♠ 변정복: "눈물이 왈칵 쏟아지네요."

♠ 김기호: "건상이 형님 1주기에 다녀오신 고문님의 글을 보니 생전의 해맑은 모습으로 웃던

형님의 얼굴이 떠오르네요. 황망한 부고장에 산악회 선후배님들이 애통해 하던 날이 엊그제 같은데 세월은 무심하게 벌써 1주기 제삿날이 되었군요. 형님과의 산행 추억이 아직도 생생한데 한번 가면 올 수 없는 곳으로 떠나셨으니 오늘 그리움만 더합니다. 형님의 미소가 그리워지는 1주기에 다시 한 번 극락왕생을 기원 드립니다."

♠ 정익섭: "고문님! 다녀오셨네요. 감사합니다.

친구 보러 어제 다녀왔습니다. 아쉬운 시간이었고, 또 보고 싶고.

추모하실 분을 위해 사진 올립니다."

♠ 김영복: "좋은 나라에서 행복하시리라 믿습니다. 그저 고맙고 그리울 뿐입니다."

♠ 이상수: "어려운 상황 속에서도 또다시 봄은 어김없이 찾아오네요. 어수선한 세상이지만 소중한 모든 분들과 매일 카톡으로 안부 나눌 수 있어 참 고맙고 감사할 따름입니다.^^"

저 시냇물처럼 흘러가는 것
나도 저 물처럼 흘러가리

흐르다가 바위에 부딪히면 비켜서 흐르고
조약돌 만나면 밀려도 가고

언덕을 만나면 쉬었다 가리

마른 땅 만나면 적셔주고 가고
목마른 자 만나면 먹여주고 가리
갈 길이 급하다고 서둘지 않으리
놀기가 좋다고 머물지도 않으리

흐르는 저 물처럼 앞섰다고
교만하지 않고
처졌다고 절망하지 않으리

지 긴너 나무들이 유혹히더리도
나에게 주어진 길 따라서
노래 부르며 내 길을 가리라.

나이엔 졸업이 없고,
즐거움엔 정년이 없으며,
건강엔 브레이크가 없고,
인생살이는 되돌아가는 U-턴 길이 없으며,

인생은 다시라는 말이 없고,
쉼표(,)는 있으나 마침표(.)가 없는 것입니다.

하루를 지내면 더 즐거운 하루가 오고
좋은 사람은 마음에 담아
두기만 해도 행복합니다.

작은 기쁨들이 더해져
더 행복한 일을 만들 수 있는
하루 보내시길 바랍니다.

내가 사랑하는 사람이 늘 건강하시기를….
내가 존경하는 사람이 늘 행복하시기를….
내 소중한 모든 분들에게
좋은 일과 기쁨 일들이 가득 생겨나기를….
항상 기도드리고 있답니다.

건상 형, 하늘에서는 건강하시지요?

박관식(33회)

1.

나는 2015년 11월 1일 중앙서울마라톤대회에서 42.195㎞ 풀코스를 3시간 51분에 완주하는 내 생애 최고의 기록을 세웠다.

사실 이런 기록을 낼 수 있었던 것은 순전히 전건상 형의 도움 덕분이었다. 그것도 건상 형이 내 대신 대회 참가비를 선불 지급하여 신청까지 한 터였다.

그동안 반기문 마라톤대회 3회, 중앙서울마라톤대회 2회 등 풀코스에 홀로 10여 차례 도전했지만 4시간 안에 들어오지 못했었다. 조용한 성격상 남들과 어울리지 않고 혼자 훈련해 참가한 것이 문제였던 셈이다. 페이스메이커가 얼마나 중요한지 몰랐던 것이다.

건상 형은 이런 나의 녹고다이를 고쳐주기 위해 서울 삼실~성남 순환 마라톤 주로를 함께 뛰어주기로 한 것이다. 아닌 게 아니라 건상 형이 옆에서 함께 달려주니까 전에 느낄 수 없던 힘이 솟아나 달리는 데 덜 부대꼈다. 신기한 일이었다. 동행이 이 정도로 예상 밖의 힘을 북돋워준다는 사실을 새삼 느낀 것이다.

사실 나는 어린 시절 애초에 마라톤과는 절대로 가까워질 수 없는 신체적 구

조의 소유자였다. 어릴 때부터 신장이 작았던 나는 1974년 충주고 1학년 재학 당시 135㎝로 전교 1번이었다. 그러다 보니 여고생들이 나를 모르면 간첩일 정도로 귀여워해 주었다.

그러나 그것은 고역이었다. 가뜩이나 왜소한 성격은 더욱 왜소해져 내성적인 아이로 돌변 성장할 수밖에 없었다. 더구나 그 당시 충주공설운동장에서 연출된 충주 시내 고등학교 단체 교련 검열은 더욱 고통스러운 시간이었다. 맨 뒤에서 목총을 메고 아장아장 걷는 나의 모습에 여고·여상 가시나들은 '까~악' 까무러칠 정도로 감탄했으니까. 고3 때도 신장이 150㎝가 안 되었다. 그런 자신을 비관해 공부는 안 하고 시와 소설이나 끼적였으니 뭐가 제대로 될 턱이 없다.

그런데, 그런 내가 가까스로 육군에 지원하다시피해서 입대해 툭탁하면 얼차려로 뛰었던 선착순에서 1등을 차지하는 기현상이 일어난 것이다. 게다가 경북 영덕군 강구 근처의 부대로 전속되어 치른 체력 측정의 100m 기록은 12초 초반에 달했다.

　나는 경기도 용문사 상원암에서 장편소설을 쓰다가 갑자기 받은 신체검사에서 몸무게가 45kg이 안 되는데도 군의관에 아부해 입대한 놈이었다. 나는 남들과 달리 사회가 싫어 군대로 숨어들어간 돌아이였다.

　중대에서 제일 잘 달리다시피한 나의 달리기 기록은 믿겨지지 않을 노릇이었다. 고등학교 때 그렇게 작았던 내가 어쩌다 그리 빠른 놈이 되었을까? 그러구러 가만 되돌아보니 그 비결은 소설을 썼던 상원암에서 용문사까지 기의 매일 왕

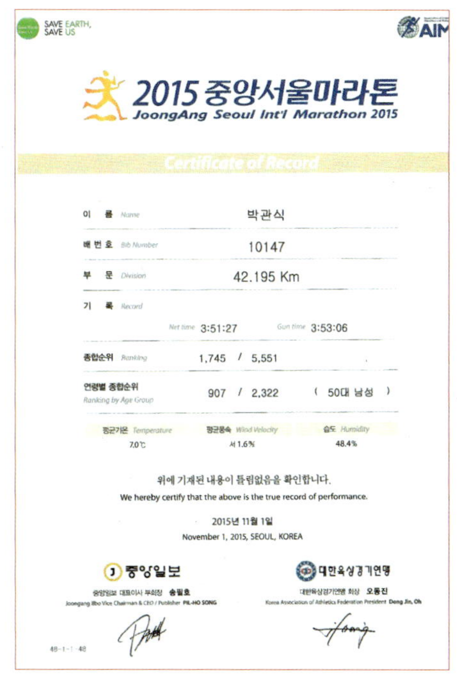

복 달리기를 했던 데 있었다. 졸업 후 10여 cm가 크던 그 무렵 산길을 내달린 것이 결국 나를 빠른 몸으로 단련시켰던 것이다.

　그때 내게 과자부스러기와 술심부름을 시킨 상원암 ‘청학당’ 옆방 지기는 바둑 프로기사 차민수의 친구로 월간 『바둑』 편집장을 7번 지낸 소설 『올인』의 저자인 노승일 소설가였다. 그는 나의 바둑 사부로 내가 매일 소설을 쓰면 그것을 읽고 그 대신 나에게 바둑을 가르쳐주었다. 그때 더 못 배우고 군에 입대한 것이 나로서는 천추의 한이었다.

　그 후 그는 내가 매일경제신문사에 근무하던 당시 국내 최초로 펴낸 『바둑 다이어리』에 추천사까지 써줄 만큼 내게는 고마운 사부님이나. 그 다이어리에 대한 홍보 기사를 충주고 동기로 서울대 국문과 출신인 임종업 기자가 잘 써줘 엄청 팔리는 기염을 보였는데, 내가 그만 중간에 잘못하는 바람에 사장(死藏)되는 실수를 저질렀다.

　아무튼 내가 마라톤을 할 만큼 몸이 만들어진 데는 그런 우여곡절이 있었다. 더욱이 그때 스무 살 시절에 썼던 첫 장편소설 『수렵조』의 내용도 우연찮게 마

라토너 얘기가 나온다.

그날 중앙서울마라톤대회에서 함께 뛴 건상 형은 나보다 뛰어난 기록의 보유자로 훌륭한 페이스메이커 역할을 했다. 잠실종합경기장 근처 광장 도로에서 출발한 우리는 뛰다가 길동역 근처에서 함께 사진을 찍기도 했다. 그런 시간이 기록에 충분히 영향을 주는데도 우리는 그보다 동문 선후배의 우의가 더 중요했던 셈이다.

그 이후 본격적인 마라톤 기록을 위해 건상 형이 먼저 앞서 치고 나가고 내가 뒤따라 달리기 시작했다. 마라톤 코스는 잠실역~천호역~길동역~수지역~시흥사거리~성남시 반환점을 돌아 잠실주경기장으로 골인하는 것으로 오로지 자신과의 사투에서 이겨내야 했다. 나는 애오라지 앞서 달리는 건상 형을 따라잡아야겠다는 일념으로, 그것만이 형에 대한 보답이었기에 다른 때보다 더욱 최선을 다했다.

마침내 5㎞ 정도 남은 지점에서 건상 형을 따라잡고 함께 가려 했으나 먼저 가라는 바람에 앞서가기 시작했다. 결국 건상 형은 나보다 5분 정도 늦게 들어왔다. 그날 경기가 끝난 후 형수와 딸을 만나 인사하고 헤어졌다. 그때 몸이 녹초가 되어 함께 식사라도 대접하지 못한 것이 끝내 아쉬웠었다.

2.

그리고 한동안 시간이 지난 후 건상 형의 몸이 안 좋다는 얘기를 듣고 깜짝 놀랐다. 그렇게 건강했던 분이 예기치 않은 병마와 싸워 온 사실이 믿겨지지 않았다.

　　결국 건상 형은 그것을 이겨내고 다시 우리 동문 산악회에 나오기 시작했다. 우리 일행이 북한산 어디로 향하면 건상 형은 그 반대에서 더 먼 길을 선택해 산악 마라톤으로 찾아와 합류하는 방식이 재미있고 스릴이 있었다.

　　나 역시 산에서 달리는 일을 즐겨했던 터라 그런 모습이 부럽기까지 했다. 나는 등산 때마다 매번 먹거리를 챙겨오다 보니 가끔 늦었는데, 그럴 때면 먼저 출발한 동문들의 뒤꽁무니를 쫓아가는 것이 만만찮은 일이었다.

　　그 이후 나는 건상 형의 동기인 우상국, 정익섭, 윤명철 선배 등과 설악산 원거리 여행을 정기적으로 다녔다. 설악산에 갈 때는 김구일 고문이 속초에 계시면 저희를 불러 식사 대접을 받으며 안부를 묻곤 했다.

　　2020년 12월 설악산 눈꽃 산행을 마치고, 2021년 5월 김구일 고문과 함께 소낙비를 쫄딱 맞으며 대청봉을 넘었고, 2021년 10월 설악산 대청봉을 찍고 내려와 임만식 부부와 함께 속초 횟집에서 조우하기도 했다.

　　특히 2021년 5월 김구일 고문은 노구이신데도 새벽에 대청봉 종주를 간행했다. 건상 형과 정익섭 고문, 양근모 산악대장 등 다섯 명이 새벽에 오색에서 출발했는데 아침 무렵부터 비가 내려 난관이 따랐다.

그래서 건상 형이 고안해낸 것이 힘든 김 고문님을 위해 나랑 함께 앞에서 스틱으로 이끌었다(이 부분은 김 고문님이 지난 3월 10일 건상 형의 분향원에 다녀온 후 쓴 글에 남김). 이제 와서 고백하지만, 그날 김 고문님은 앞에서 스틱을 잡고 끌어당기는 내 힘이 건상 형보다 못한 것을 알아채셨을 것이다~^^.

결국 비를 맞으며 힘든 산행을 마치고 내려와 지루한 설악동 도로를 접할 무렵, 내가 국립공원에 SOS를 타진해 김구일 고문님을 승용차에 태워 매표소 입구까지 모셨다. 그리고 그날 속초 바닷가에서 먹은 회와 소맥은 스릴 넘쳤던 비 내리는 대청봉의 추억을 한껏 고무시켰다.

그리고 설악산을 다녀온 지 석 달이 지난 2022년 1월 29일(토) 나는 건상 형, 우상국·정익섭 고문 등과 신년 산행으로 강화도 마니산을 다녀왔다. 그 이후 나는 2월 18일 건상 형과 카톡으로 오는 3월 18일 지리산에 가기로 합의했다.

그런데, 그런데 말이다. 마니산 산행이 건상 형과의 마지막 산행이 될 줄이야?!

이런 급작스런 이별을 위해 우리는 그 어느 때보다 더 자주 원거리의 설악산 등반과 지리산 등반을 꿈꾸었던가? 정말이지 믿겨지지 않는 꿈을 꾸는 듯했다.

지난 일이지만 나는 솔직히, 마니산 등반을 마치고 간단하게 한잔 마신 후 버스를 타고 오는 도중에 건상 형을 따라 내려 한잔 더하고 싶었다. 그날따라 이상하게도 중간에 버스에서 내리는 뒷모습이 유독 쓸쓸해 보였던 탓이다. 나의 지독한 신기(神氣 ?)는 그날도 슬프게 맞아떨어진 것이다.

그리고 건상 형이 운명하셨다는 소식을 듣자마자 나는 코로나에 상관없이 무시하고 곧장 달려갔다. 장례식장은 역시 코로나로 인해 썰렁했다. 그대로 며칠 형의 곁을 지키고 싶었지만 그럴 형편도 못돼 형수와 아들의 손을 잡아주고 쓸쓸히 나와 한참 동안 하늘의 별을 찾아보았다.

그리고 하늘이 갑자기 흐릿해졌다.

수리산 하산, 그리고 늦은 점심

임만식(33회)

2012년 5월 넷째 주 토요일입니다.

아침에 혼자 어슬렁어슬렁 산본고등학교로 향했습니다.

제 짐작엔 일행들이 10시 20분에 출발하면 일찍 하는 걸 거라고 짐작했지요.

아니나 다를까? 10시 반을 넘겨 움직였다더군요. ㅎㅎ

저는 혼자 산본고에서 올라 일행이 지나가는 길목에서 만나기로 하였습니다.

태을봉 찍고 일행이 오는 길목으로 마중 내려갔지요.

올 시간쯤 되자 "만식아~" 하는 소리가 산속을 울립니다.

동기 관식이가 저를 부르는 소리.

사실 긴가민가했습니다.

관식이는 솜 늦게 뒤따를 서라고, 기호 후배가 귀띔해 줬기에 내 이름을 민 만히 부를 만한 사람이 없으리라 생각했지요.

그래서 답을 안 했습니다.

그런데 그걸 두고 기호 후배와 관식이는 속발 뜯는 내내 이류이 창피해서 대 답 안 한 거라며 놀려댑니다.

이 짜슥들~ 입담거리 하나 안겨준 셈 치고 과장을 섞어 손사래를 치며 해명 했지만, 지금은 이렇게 되뇌입니다.

그래, 내 이름이 어때서?

짜샤들아. ㅎㅎㅎ

저는 참 질깁니다.

식당에까지 남한강 얘기를 끌고 와서 입에 올리는데 막내인 송채훈 후배가 끼어듭니다.

"선배님 남한강이세요? 저희 어머님이 남한강 1회세요."

"고뤠~~~? 이름이 뭐여?"

"이 ○○입니다."

"고~뤠~~~~~~?"

당장 전화를 걸었지요.

○○가 받습니다.

"아들 잘 키웠네."

"에이~ 뭘~ 지가 질 큰 기지. 참, 우리 이들 등산 간다고 갔어."

"우리 집 뒤 수리산 온 거 알고 있지."

"엥? 어케?"

"지금 내 옆에 있거든. 핫핫핫!"

채훈 후배 ㄱ때부터 설설 깁니다. ㅋㅋㅋ

산본 시내에 나가 호프 한잔 더 하고 버스에 오를 때까지 밖에 서서 배웅을
하더군요.

착한 후배입니다.

친한 엄마 동창이 옆에 있는 걸 안 뒤로 굳어진 채훈 후배의 표정. 핫핫핫^^

제 동창 아들이래서 드리는 말씀 전혀 아닙니다. ㅎ~

사진엔 건배 제의하는 모습이 담기지 않았지만 채훈 후배의 건배 제의가 그 날 구호 중 제일 났었지요?

"이런 자리! 흔치 않아!"

미흡연자를 위한 배려인데 왜 고독이 느껴질까? ^^

수혁 후배의 아들 용찬이도
건배를 제창했딥니다. 하하··^^

나도 건배사 한마디~

조령산 신선봉 산행 후기

김기호(36회)

2007년 5월 27일. 7시 40분 군자역에서 먼저 선후배님들을 태우고 출발한다.

8시 잠실역에서 허문영 회장님과 사모님을 모시고 중부를 지나 10시 중부내륙고속도로 연풍 인터체인지에 도착하였다.

개별적으로 승용차를 가지고 참석하신 박용현 선배(28회), 나승우(36), 김홍연·김영진(45회) 후배들과 수옥정 주차장에서 만났다.

A코스는 주차장에서 출발 신선봉을 거쳐, 능선을 따라 마역봉까지 가서 3관문으로 하산하는 코스이다. 허문영 로타리 회장님, 우상국 산악회장님, 홍기남(29) 선배와 양근모(36)는 선발대로 먼저 출발한다.

그 뒤로 박용현(29), 윤덕진(33) 선배와 이재철(39), 박기호(39), 김홍연·김영진 등이 가족들과 후발대로 쉬엄쉬엄 출발한다.

B코스 출발은 늦게 도착한 나승우와 허 회장님 사모님 ,무릎이 안 좋은 윤길중(39)과 부인 그리고 최종인(29) 선배 등이 3관문을 거쳐 마역봉을 향해 출발한다.

주차장에서 '옛 과거길'인 3관문을 향해 10여분 가다가 왼편으로 신선봉 가는 팻말이 어서 오라고 유혹하듯이 보인다. 울창한 갈참나무 잡목숲속을 지나오니 막혔던 콧속이 확 트이는 것 같다.

아직까지는 산림욕을 만끽하면서 모두들 여유가 있다. 소나무와 잡목 숲속으로 서서히 경사가 급해지면서 모두들 가쁜 숨을 몰아쉰다. 숲속이라 햇볕이 들지 않아 다행이지만 온몸은 이미 땀으로 홍건해진다.

도로에서 신선봉 정상까지 시간은 대략 1시간 전후의 산행로인데 산행시작과 동시에 경사로로 접어들어서 힘든 코스인 것 같다. 위쪽으로 올라갈수록 경사도는 더 급해지고 마지막 능선 길까지는 경사가 급한 돌계단이 이어져 있다.

몸집이 큰 윤덕진 선배는 마지막 능선으로 향하는 돌계단을 네 발로 짚으면서 열심히 올라온다. 큰 덩치에 올라오다가 돌아간다고 포기하지나 않을까 내심 걱정도 됐었다.

하지만 윤 선배에 대한 염려는 기우에 지나지 않았다. 정말 열심히 올라온다. 난생처음 이렇게 높은 산에 올라와 본다고 자부심이 대단한 것 같다(ㅎㅎ).

신선봉 정상에선 허 회장님, 우 회장님, 홍기남 선배, 양근모 친구가 일찌감치 자리 잡고 우리를 기다린다.

허 회장님은 노구에도 선발대로 출발하여 노익장을 보여주신다. 신선봉 정상에서 시원한 산바람을 맞으면서 가지고온 도시락과 정상주 한잔으로 온몸에 맺힌 땀을 식힌다. 산난히 도시락을 먹고 마역봉까지 능선을 따라 앞서거니 뒤서거니 부지런히 움직인다.

　　마역봉에 도착하니 나승우와 허 회장님 사모님, 윤길중 부부가 이미 도착하여 우리를 반긴다. 잠시 한숨을 돌린 후 조령 제 3관문을 향해 하산한다. 3관문에서 하산기념 단체촬영으로 등반을 정리한다.

　　수안보로 이동하여 초등학교 운동장에서 선후배 족구 경기를 하며 산행으로 뭉친 근육을 풀어준다. 시원한 맥주 내기로 후배들이 2대1로 겨우 이겼다. 홍기남 선배의 강 스파이크 성공 확률 반반임(ㅎㅎ).

　　늦은 점심식사로 예약된 향나무 식당으로 전원이 발걸음을 옮긴다. 수안보에서 최고로 유명한 한정식 집이다. 깔끔한 음식과 맛깔스런 토종식단에 모두들 출출한 배를 채운다.

　　식사가 끝난 후 수안보 하이스파 온천에서 목욕을 하며 오늘 행사를 모두 마무리한다.

지리산 무박 종주 산행기

김기호(36회)

2008년 8월 21일.

광복절 연휴에 드디어 연초부터 계획했던 지리산 종주 기회를 얻게 되었나.

지리산 종주에 대한 심적 부담이 있는 와중에 며칠째 계속 내리는 비로 인하여 산행할 수 있을까 하는 걱정이 배낭을 꾸리는 중에도 앞선다.

동행하기로 한 양근모와 선배에게 사당역으로 저녁 아홉 시 반까지 나오라고 연락하였다.

저녁을 먹는 둥 마는 둥 하면서, "비 오는데 무슨 야간산행이냐"며 집사람의 잔소리를 뒤로 하고 잔뜩 흐려 있는 밤하늘을 쳐다보며 지하철로 향한다.

사당역에 도착하니 선배와 양근모가 먼저 나와서 기다리고 있다.

밤 열 시에 사당역을 출발하여 지리산 성삼재에 도착하니 새벽 2시다.

차에서 내려 야간산행 장비를 추스르고 성삼재 관리사무소 앞으로 들어가려하니 국립공원 관리소 직원이 너무 이르다고 못 들어가게 막는다. 새벽 3시 30분 이전에는 야간산행 입장을 불허한다고 한다.

관리사무실 앞에 서서 간식을 먹으면서 잔뜩 흐린 밤하늘을 올려다보며 무리한 산행을 하는 건 아닌가 또 걱정스럽다.

기다리던 시간이 지나면서 드디어 지리산 종주 산행 시작이다.

성삼재에서 노고단까지는 등산로가 널찍하니 포장 상태이다. 모두 이마에 반짝이는 랜턴을 달고 길이 좋으니 거의 뛰듯이 노고단 옆길을 돌아간다.

노고단을 지나면서부터는 등산로가 좁아지고 임걸령을 지나 삼도봉까지는 완만한 능선길이다.

임걸령을 지나면서 빗줄기가 굵어져 우비를 꺼내 입는다.

비 오는 와중에 랜턴의 배터리가 잘못되었는지 앞을 비추는 불빛이 흐려져 진흙탕에 자꾸 발이 빠진다.

잠시 서서 근모에게 불빛을 비추게 하고 준비해간 여분의 배터리로 교환한다.

배터리 교환시간이 5분 정도 걸린 것 같은데 같이 가던 산악회 사람들의 흔적은 보이지 않고 깊은 산중의 이름 모를 풀벌레 소리만 들린다.

한참을 걸어도 일행은 보이지 않고 지리산 골짜기의 캄캄한 밤하늘, 근모와 나의 거친 숨소리만 들려 기이하기까지 하다.

일행을 따라잡으려 어찌나 바삐 걸었는지 우의 속의 등산복은 땀으로 범벅이 된 지 오래다.

겨우 삼도봉 쪽으로 돌아서니 산악회 일행들이 쉬다가 다시 출발하려고 한다.

삼도봉을 돌아 지리산 능선의 옛적 화개장터를 돌아서니 날이 훤하게 밝아와서 헤드랜턴을 집어넣는다.

화개장터에는 지난밤 비박한 텐트들이 여러 개 보인다.

　옛적엔 전라도 사람과 경상도 사람들이 이곳에 물건을 지고 올라와서 물물교환하는 장터였다는 안내 간판이 붙어 있다.

　이 높은 곳까지 물건을 지고 와서 물물교환 장터를 이뤘다고 생각하니 옛사람들의 땀과 애환이 잠깐이나마 스쳐 지나간다.

　빗방울은 오락가락하고 우의 입은 온몸은 땀에 젖어 있다.

　엊저녁을 부실하게 먹고 세벽부터 움직어서인지 뱃속에서는 머을 것을 채워 달라고 소식이 온다.

　1533m 토끼봉을 가볍게 넘고 완만한 명선봉을 지나 내려서니 연하천 대피소가 보인다.

　연하천 대피소에서 아침 식사로 끓인 라면과 국물에 햇반을 말아먹고 나니 배 속이 든든하다.

　라면 끓이느라 써버린 물병에 물을 가득 채워 넣고, 종주 시간이 촉박하여 쉴 틈도 없이 내리막길인 벽소령을 향해 다시 걷는다.

　출발 시간은 8시 30분이다. 세석 대피소까지 11시에 도착해야 천왕봉을 돌아 중산리로 하산한다. 11시까지 세석 대피소에 도착 못 하면 도징길로 해시거림 쪽으로 하산하게 되었다.

　현재 상황으로선 천왕봉으로 종주할 수 있다.

　성삼재에서 천왕봉 종주로 중산리 하산 기점까지 실측 거리로 약 35㎞이다. 총 산행 시간은 15시간 계획이다.

　별다른 문제만 없으면 천왕봉으로의 종주는 가능해 보여 양근모랑 앞서거니 뒤서거니 선배를 사이에 두고 걷는다.

벽소령을 지나 덕평봉, 칠선봉, 영신봉까지의 오르막 내리막의 등산로가 엄청 험하다.

뒤따르던 선배가 무릎이 아프다며 뒤처지기 시작한다. 아무래도 종주 성공에 대한 불안한 조짐이 보인다.

덕평봉 쪽에 먼저 도착하여 마루에 앉아 30분을 기다린 끝에 선배가 엉금엉금 기면서 올라온다. 또다시 칠선봉에서 기다림, 영신봉에서 다시 기다림……,

결국 세석 대피소에 12시가 넘어 도착하였다. 천왕봉 쪽은 포기하고 도장골로 하산하여 길상사 쪽에서 집결하기로 코스를 정정한다.

세석 대피소에서 배낭에 남아 있는 먹을거리로 점심을 대신하고 하산을 서두른다.

천왕봉 쪽으로 종주는 다음 기회로 남겨두고 거림을 향해 발길을 딛는다. 현재 산행 시작 후 걸린 시간은 10시간째다.

하산길이 더 힘들다고 하더니만 결국은 일이 터졌다.

하산길을 조금 내려오는 중에 무릎이 아프다던 선배가 몸무게를 이기지 못하고 아예 주저앉는다. 정상적인 하산길은 세 시간 정도인데, 내려가는 비탈길이 험한 돌길이라 여간 조심스럽지 않다.

선배의 배낭을 내가 짊어지고 양근모는 선배를 부축하여 어렵게 쉬엄쉬엄 내려온다.

오른쪽 무릎을 완전히 펴지 못하고 겨우 다리를 끌면서 내려온다.

장시간 산행에 따른 무릎 부상이다.

예전의 등산 실력으로 이 정도에서 다리를 다칠 분이 아닌데 하며 아쉬워한다.

묵직한 배낭을 두 개나 메고 내려오려니 허리 어깨 팔다리가 다 묵직하다.

지리산 깊은 산골짜기에서 핸드폰도 터지지 않아 산악회 사람들과 연락도

할 수 없었다.

먼저 내려가는 사람 편에 산악회 전화번호를 알려 주며 늦으니 기다려달라고 부탁했다.

세 시간짜리 하산길인데 여섯 시간 만에 겨우겨우 길상사 매표소에 도착했다.

매표소에 도착하니 오후 일곱 시가 다 되어 사위는 거뭇거뭇하니 어두워 오고 있다.

다친 사람을 데리고 내려오는데, 어두운 곳에서 한 시간 더 늦어졌다고 생각해보니 아찔하다.

안개 속의 지리산

님 만나려 온종일 빗속을 거닐다가
안개 속에서 구름을 타고 넘었는데,
님은 아니 보이고 눈물 맺힌 이름 모를 들꽃만 보이네.
눈을 들어 쳐다보고 또 쳐다보니 님의 뒷모습뿐.
님이 오늘은 종일 주무시나 보다.
님이 주무시는 동안 나 혼자 하루 종일
님의 품에 안겨 입 맞추었네.

기다리던 산악회 사람들의 염려 속에 귀경버스에 몸을 실으니 피로에 젖은 몸은 이내 잠속에 빠져 어느덧 서울에 도착하였다.

그래도 처음 딛는 지리산 품에서 천왕봉까지 종주는 할 수 없었지만 명산의 품에 안겼다는 데 위안으로 삼는다.

선배의 무릎이 빨리 회복되어 다시 건강한 산행을 할 수 있기를 빈다.

기억에 남는 2014년 설중산행

천영필(36회)

2014년 1월 3일 23시 동대문 디지털프라자 13번 출구.

충주고 동문산악회 일행은 두꺼비산악회 산행버스에 몸을 싣고 영동여고 은지 팀과 함께 장도에 올랐다.

우리는 대청봉 일출을 향해 한계령에서 새벽 3시에 출발해 서북능선, 한계령 삼거리, 끝청, 중청, 대청 일출을 찍고 중청대피소에서 만찬을 했다.

그 어려운 산행 속에서도 무거운 배낭 속에 먹을거리를 잔뜩 가져온 동문 선후배에게 감사의 마음을 전하면서….

그리고 아래로, 아래로 쏟아지는 눈밭 속을 뚫고 소청, 희운각, 무너미 고개, 천불동계곡, 비선대, 신흥사 소공원으로 이어지는 장장 13시간의 설중산행을 마무리한 뿌듯한 산행이었다.

그 당시 찍은 사진을 보니 세월의 무상이 새삼 절감되는 현실이다.

동문산악회에서 만남과 경험을 통해 배운다

신중철(38회)

"동문산악회에 꾸준히 참석한 사람이면 충분해."

"우리만 이용하는 버스를 대절 했어. "등산 시간도 탄력적으로 조절할 수 있어."

"낙오에 대한 부담 갖지 마. 내가 맨 뒤에서 몰고 갈 거니까 걱정하지 마!"

2014년 설악산 대청봉 한여름밤의 휴가산행 산행대장으로 설악산 종주를 기획하던 기호 형이 내게 용기를 북돋우며 채근하면서 한 말이다. 한여름 무더위 속에 폐를 끼치지 않고 설악산을 완주할 자신이 없어서 가고 싶은 마음을 내비치기만 하고 결정을 못 하고 있었다.

동문산악회에서는 평소에는 서울 근교로 길지 않은 산행을 하지만, 여름과 겨울에는 특별산행으로 설악산이나 지리산 등 원정 산행을 해오고 있었다. 나는 그동안 서울 근교 산을 다녀오는 당일에 다녀오는 정기모임에 동행하기 시작한 지는 꽤 되었지만, 무박2일로 진행되는 원정산행에는 그동안 한 번도 동참하지 못했었다. 체력적으로 10여 시간의 산행이 가능할까, 특히 여러 사람이 함께 이용하는 버스 운행 시간에 맞출 수 있을지 자신이 없었기 때문이다.

요즘은 주말 이틀 중에 하루는 가볍게나마 등산하려 한다. 등산이라기보다는 산에서 하는 산책, 스트레칭 목적의 트래킹이라고 하는 것이 더 적절하기

는 하다. 평지의 산책로를 걷거나 운동장 트랙을 도는 것과 별 다를 바 없는 수준이지만, 작은 산일지라도 거기에는 오르내림이 있고 갈 때마다 달라지는 수풀이 있어 항상 새롭다. 순간순간 가야 할 목표를 정하고 달성하느라 성취감을 느낄 수 있고, 한번 산길에 접어들면 중도에 그만두기 어려운 것도 장점이다.

등산을 주기적으로 하게 된 것은 건강 때문이다. 90년대 초인 직장생활 초기만 하더라도 등산뿐만 아니라 육체적인 운동과는 담을 쌓고 살았었다. 학교생활을 할 때는 신체적 단련의 필요성을 느끼시도 않았다. 젊기도 했거니와 앉아 있는 시간보다는 움직이는 것도 꽤 되기에 자연스럽게 기본적인 운동이 되기도 했기 때문이었으리라.

직장생활을 하며 책상에 앉아 있는 시간이 늘어나고 육체적으로 움직일 수 있는 시간과 공간이 줄어들었다. 그러면서 능쪽으로 어깨 아래부터 허리까지 통증이 생겼고 점점 더 심해졌다. 정형외과에서 물리치료를 받은 횟수도 꽤나

된다. 물리치료를 몇 번 받으면 어느 정도 견딜 만해지지만, 그리 오래되지 않아 다시금 견디기 힘들 만큼 통증이 재발하곤 했다.

견디다 못해 전문 병원을 찾았다. 우선 찾아간 곳은 척추전문병원으로 널리 알려진 청담동의 우리들병원이다. 엑스레이 촬영과 함께 난생처음으로 MRI도 찍었다. 90년대 중반이니 꽤나 돈도 들었지만 결과는 허무했다.

"아무 이상 없습니다. 척추는 지극히 정상입니다. 척추기립근이라고 척추를 둘러싼 근육이 약해지면 등과 허리에 통증이 올 수 있습니다. 척추가 혼자 지탱할 수는 없습니다. 2-3개월 운동 좀 해보시고, 그래도 계속 아프면 그때 다시 오시죠."

생전 운동이라는 것과는 담을 쌓고 살아온 터라 갑자기 무슨 운동을 어떻게 해야 할지 몰랐다. 의사의 처방을 이행해야 한다는 심적 부담만 안고 실행은 않은 채 어영부영 삼 개월이 지나갔다. 통증이 개선되지 않는 것은 당연했다. 대형병원에서 확인을 받아 보는 것도 좋겠다는 아내의 권유로 이번에는 삼성병원엘 갔다. 이번에는 다행히도 엑스레이 검사만 진행했지만, 진단과 처방은 우리들병원과 동일했다.

대형병원 두 곳의 진단을 받은 후 고심 끝에 운동으로 시작한 것이 등산이다. 처음에는 나 홀로 등산이었다. 등산이라기보다는 뒷동산 산책이 더 맞는 말일지도 모르겠다. 강남에 있는 대모산이 그 대상이었다. 집에서 가까워 택한 곳이기도 하고, 달리 누구의 도움도 없이 갈 수 있는 곳이기도 했다. 처음 택한 코스는 등산 시간만 한 시간 남짓, 집에서 나와 다시 집에 돌아가는 시간까지

대략 두 시간이면 되는 코스였다. 아무 때고 잠깐 짬을 내어 다녀올 수 있는 곳이었다.

그렇게 매주 한 번씩 등산을 하면서 등과 허리의 통증도 완화되어 갔다. 통증이 완전히 없어지진 않았지만 병원 신세 지지 않고 견딜만한 정도가 되었다. 대모산에 익숙해지면서 대모산과 붙어 있는 구룡산까지 봉우리 두 개에 등산 시간도 한 시간 반으로 늘어났다. 나 홀로 산행에서 시작한 등산이 동문산악회 참여로 이어졌고, 등산하는 시간이 더 길어지고 더 큰 산으로의 원정 산행으로 그 범위를 넓혀갔다. 특히 재경동문산악회에 참석하면서 설악산과 지리산 등 큰 산들을 종주하는 데까지 그 범위를 확장하게 되었다.

주로 다니는 곳이 서울 근교 산이고 산행은 네댓 시간 넘지 않는 코스는 익숙해졌지만, 계획상 등산 시간만 열 시간이 넘는 산행은 당시로서는 넘사벽이었다. 그래서 그동안 동문산악회에서 특별산행을 여러 번 했음에도 함께하지 못했었다. 특히나 많은 사람들이 함께 이용하는 산악회 버스를 이용하는 등산은 세시간에 맞춰 완주할 자신이 없었디. 제시간에 등산을 완료하지 못하면 버스는 떠날 것이고, 돌아오는 교통편을 어떻게 해야 할지 난감하지 않을까.

그때 용기를 주고 기회를 마련해 준 사람이 36회 기호 형이다. 동문들만 탑승하는 전용 버스를 마련해 준 것이 내게는 도전해 볼 수 있는 용기를 주었다. 또 낙오자 없이 자신이 후미에서 동행하겠다는 약속에 용기를 냈다. 처음으로 무박2일 설악산 종주를 했다. 금요일인 8월 1일 10시 40분에 서울에서 버스로 출발했디. 새벽 3시에 한계령에서 시자하여 대청봉에서 일출을 감상하고 중청대피소에서 아짐 식사를 하기로 되어 있다. 희운긱대피소와 친불동계곡을 띠라 하산하여 오후 1시에 신흥사가 있는 설악동탐방지원센터로 하산하여 점심

식사를 하는 계획이다,

사물을 겨우 분간할 수 있을 뿐 색깔을 느낄 수 없는 새벽 3시 반쯤 한계령 등산로 입구가 개방됐다. 한계령이 설악산에서 가장 높은 고개라 정상까지 완만한 오름이 계속되거나 적어도 급경사는 없지 않을까 하는 나의 기대는 등산로 입구에 들어서는 순간 여지없이 무너졌다. 입구는 깎아지른 듯한 계단의 연속이었다. 삼삼오오 떼지어 오르는 사람들의 숨소리가 금방 거칠어졌다. 그러나 처음

시작이라 그런지 오르는 데에 거침이 없다. 그렇게 오르기를 한참, 이내 조금 완만해진 구간을 오르다 보니 한계령 삼거리에 닿았다. 귀때기청봉 방향과 대청봉 방향으로 갈라지는 삼거리다. 이제야 여명이 밝아 오며 사물을 제대로 분간할 수 있다.

여기서부터 끝청을 지나 중청대피소까지는 오르내림이 반복된다. 때론 흙길이 때론 너럭바윗길이 나타나기도 한다. 중청대피소에서의 푸짐한 식사 후 대청봉 등정, 이제는 하산이다. 대청봉에서 소공원까지는 내리막이다. 그래서 편하지 않을까 했던 기대도 여지없이 무너졌다. 대청봉과 중청대피소 구간도 경사가 심하지만, 중청에서 희운각 대피소까지 내려가는 길은 경사가 장난이 아니다. 한계령-대청봉-소공원으로 이어지는 설악산 등산코스 중 가장 어려운 구간이 이곳이다.

겨울에는 비료 포대 가져와서 타고 내려가면 끝내 준다는 기호 형의 얘기가 그다지 실감 나게 들리지는 않았다. 이렇게 경사가 심한데 안전하게 내려갈 수 있을까 하는 생각이 먼저 들었다. 경사가 심하면 발이 앞으로 쏠리면서 발가락

과 발톱이 아프고 심
하면 발톱에 멍이 들
고 빠지기도 한다. 가
속이 붙어 앞으로만
쏠리는 몸에 급브레이
크를 걸고 휘청거리
며, 공룡능선 방향과

공룡능선을 닮았다는 켄트로사우루스 공룡 모습.

천불동 방향으로 갈라지는 무너미고개에 닿았다.

앞쪽에는 켄트로사우루스 등비늘 같은 공룡능선이 펼쳐진다. 무박2일 산행 중에 이 능선으로 하산하기도 한단다. 참으로 대단하다. 공룡능선은 다음을 기약하고 이날 우리가 갈 길은 오른쪽으로 틀어 희운각을 거쳐 천불동계곡을 통과하는 것이다. 부처님 얼굴이 천 개가 있다고 천불농이라던가. 꽤나 실다. 시루하다. 부처님 얼굴을 감상할 마음의 여유가 없다. 다리가 무겁고 간간이 무릎에 통증이 온다. 뿌리는 맨소래담으로 힘들어하는 무릎을 달랜다. 틈틈이 사진도 찍고 쉬곤 하면서 하산을 계속했다. 원래 계획했던 한 시는 훨씬 넘긴 두 시 반쯤 소공원에 도착한 듯하다. 특별히 늦은 것은 아니고 적당한 시간에 무사히 첫 설악산 종주를 완주했다. (공룡능선은 나중에 친구들과 함께 설악산소공원-비선대-무너미고개-희운각대피소-천불동계곡을 거쳐 설악산소공원으로 회귀하는 코스로 다녀왔다.)

머리 올린다거나 알에서 깨고 나온다거나 하는 말이 있다. 처음 하기가 어렵지 한번 하고 나면 다음에는 어렵지 않게 하게 된다는 의미다. 내게 2014년의 여름의 설악산 산행은 이 말의 의미를 체험한 또 하나의 사건이었다. 그 이후부터는 원정산행도 가능한 한 참여하고 있다. 그럼에도 불구하고 원정산행은 여전히 걱정되지만 다른 한켠에는 설렘도 함께 안고 간다.

2015년 1월 지리산 겨울산행 중 천왕봉에서 만났던 눈꽃은 자연이 얼마나 아름다운지 느끼게 하는 감동이었으며, 2016년 1월 설악산 겨울 산행 중에는 대청봉에서 일출 사진을 찍던 중 카메라 동작이 멈추고 중청대피소까지 내려오는 길이 추위와 바람이 엄청나게 거셌다. 그 멀지 않은 거리를 몇 차례나 쉬어가며 내려와야 했고, 이래서 겨울 산행 중에 사고가 나기도 하는구나 하고 느꼈다. 자연의 힘이 얼마나 위대한지를 새삼 느꼈다. 2016년 여름에 갔던 주왕산의 암봉과 기암절벽은 다른 나라에 온 듯한 착각을 하게 만들었다.

　산행에서 만나는 자연풍광에 설렘이 있듯이, 선후배님과의 만남에도 설렘이 있다. 동문산악회는 만나는 선후배님들은 신체적으로나 성격적으로나 다양하다. 원정산행을 마치고 식사 자리를 별도로 만드시는 선배님, 오랫동안 회장을 맡아 조용히 산악회를 이끈 선배님, 식물에 대해 폭넓은 식견으로 알려주시는 형님, 언제나 씩씩하기가 젊은이보다 나은 형님, 산행을 하다 보면 자주 접하게 되는 근육 경련에 대비하여 상비약을 늘 챙겨 다니시는 선배님, 다양한 동물 울음소리로 즐거움을 주고 빈틈 많아 보이는 허허실실 형님, 가끔씩 오셔서 규율부장 같은 각을 세우시는 형님. 자주 참석하지는 못하지만 보다 더 현실적인 문제를 고민하는 여러 후배님들.

'삼인행(三人行)이면 필유아사(必有我師)'라고 했다. '선악(善惡)이 개오사(皆吾師)'라는 말도 있다. 앞엣것은 세 사람이 동행하면 거기에는 반드시 스승이 있다는 말이며, 뒤엣것은 선함과 악함이 모두 다 내게는 배울 것이 있다는 말이다. 선후배와의 만남에서도, 산행이라는 경험에서도, 자연과의 만남에서도 배운다. 우리 동문산악회는 이런 기회를 제공한다. 적어도 내게는.

2012년 정기산행을
아들과 함께 개근상을 받다

권순형(42회)

2012년 1월 25일(수)은 현재 12년째 몸을 실어가고 있는 재경충주고 동문산악회와 인연을 맺게 되는 운명의 날이었다.

홍국화재 코리아베스트 추성면 팀장을 만나기 위한 수차례의 시도 끝에 어렵사리 점심 약속을 얻어내고 기어이 만나 점심 먹는 자리였다.

일반적으로 처음 만나는 비즈니스 자리에서 행해지는 호구조사!

그 결과는 허~~격~~ 충주고등학교 35회, 나는 42회.

후덜덜~~ 하늘같은 선배이시란다. 더군다나 열성 재경충주고 동문 산악회원이다. 그때 마침 오는 28일 토요일이 신년 정기산행이라고, 게다가 공교롭게도 불암산이 내 집 근처라며, 내가 내어야 할 점심값을 본인이 계산하시고는 산행에 반드시 참석하라고 강권한 추성면 선배님!!!

평소 등산을 하지 않았고 처음 참석하는 자리라 방패삼아 13살이 된 막내아들을 데리고 갔다. 아들과의 13개월 산악회 동반은 그렇게 시작된다. 그날 추성면 선배는 참석하지 않았다. 배신자~~ ㅎㅎㅎ

■ 1회차 동반 산행: 2012년 1월 28일 불암산 Ⓐ

첫 산행이라 그런가? 억지로 끌려가는 듯한 아들 모습^^ ::: 아버지도 첫 산행~~

Ⓐ

■ 2회차 동반 산행: 2012년 2월 검단산 Ⓑ

두 번째라 그런가? 아들의 브이와 표정도 좋아 보이네요~ ㅎㅎㅎ

아니, 애기가 왔다고 큰형님들이 쥐어준 세종대왕님 덕분이던가?? ㅎㅎㅎ

■ 3회차 동반 산행: 2012년 3월 관악산 Ⓒ

하늘도 좋고 아버지와 아들의 표정도 모두 다 맑~음~~~

■ 4회차 동반 산행 : 2012년 4월 용문산 Ⓓ

13회 동반 산행 중 아들이 가장 힘들어했던 산행. 울면서 올라가고 도착해서
도 잔뜩 찌푸린 아들의 얼굴을 펴주고 있는 아버지.

■ 5회치 동반 산행: 2012년 5월 수리산 Ⓔ

아들의 표정을 보니 수리산도 꽤나 힘들었었나 보네~

Ⓑ

■ 6회차 동반 산행: 2012년 6월 청계산 Ⓕ

아들의 브이가 제법 자연스러운 걸 보니 꽤 많이 산악회에 적응되었나 보네~. 근데 눈 감고 찍힌 걸 보니 카메라에는 아직 적응하지 못했나 보다~.

■ 7회차 동반 산행: 2012년 7월 도봉산 Ⓖ

아들 혼자만의 여유~~ 휴대폰 게임중인가 보다.

■ 8회차 동반 산행: 2012년 8월 수락산 Ⓗ

구름 하늘과 안개 산과 대조를 이루는 아들과 아버지의 미소 띤 얼굴^^

■ 9회차 동반 산행: 2012년 9월 불곡산 Ⓘ

비록 등반 길은 힘들고 어려웠지만 정상에서는 언제 그랬냐는 듯 의연한 모습으로 한 컷~.

■ 10회차 동반 산행 : 2012년 10월 북한산 Ⓙ

실제 단풍, 바닥 고인 빗물에 담긴 단풍, 흐릿한 대기 중 안개에 담긴 단풍이 신비롭게 조화를 이뤘던 우중의 단풍 산행.

■ 11회차 동반 산행 : 2012년 11월 운길산 Ⓚ

아들 이제 11번째 산행, 이제 한 번만 더 같이하면 1년 개근이다. 아들 파이팅~~

■ 12회차 동반 산행 : 2012년 12월 남한산성 Ⓛ

연말 송년 산행에서 개근상을 받고 흐뭇한 아들과 아버지. 아들은 아버지의 개근상을 합하여 원하던 게임기를 샀다.

■ 13회차 동반 산행: 2013년 1월 검단산 Ⓜ

중학생이 되는 아들, 1년간 잘 보살펴주신 회원님들께 작별 인사하러 막내
(셋째) 누나를 동반하여 참석한 신년 산행. 아들은 재경충주고 동문산악회 명
예 산악회원이다.

(E)

(G)

(F)

(F)

(H)

(I)

Ⓘ

Ⓙ

Ⓚ

Ⓛ

연말 송년 산행에서 개근상을 받고 흐뭇한 아들과
아버지. 아들은 아버지의 개근상을 합하여 원하던
게임기를 샀다.

중학생이 되는 아들, 1년간 잘 보살펴주신 회
원님들께 작별 인사하러 막내(셋째) 누나를 동
반하여 참석한 신년 산행. 아들은 재경충주고
동문산악회 명예 산악회원이다.

백두산과 고구려 기백을 찾아서

이상균(37회)

민족의 영산이자 백두대간의 출발점인 백두산을 오르지 않고는 어떤 산을 간들 한구석이 허(虛)하고 아쉬운 것이, 분단의 아픔을 안고 이 땅에 살아가는 모든 이의 숙명으로 재경 충주고 산악회 회원들은 이심전심으로 해결해야 할 숙제로 안고 있었다.

산행과 모임이 있을 때마다 선후배들이 "우리 백두산 한번 가야지? 배우자들도 함께 가는 방향으로 해서 추진해 봅시다!" 하는 목소리가 자주 있었다.

백두대간 등줄기를 걷고 내려와 하산 주(酒) 한잔 기울일 때, 설악산에서 북녘 대간과 금강산을 바라보면서 전진하지 못하고 그리워할 때면 김구일, 지장선 선배 동문은 많이 아쉬워하며 "○○야! 백두산 가야지? 한번 가자! 우리 같이 가야지?"라며 다독였다.

개인적으로 가는 것은 언제든지 갈 수 있겠지만 동문산악회에서 가는 것은 격이 다른 차원으로 더 늦기 전에 백두산에 가지 않으면 산악회원의 자존심이 상(傷)할 일이었다.

가자!
백두로!!

만주벌판과 개마고원을 가로질러 천지에서 정을 나누고 힘을 모으자!!!

2014년 4월 14일 21명(배우자 5명 포함)이 3박4일 백두산 길에 올랐다(참가 동문: 19회 김구일, 24회 지장선, 28회 김진영, 이상훈, 김세진, 29회 백광명, 우상국, 정익섭, 유명철, 최종인, 33회 박관식, 34회 추성면, 36회 김기호 부부, 김영복 부부, 류갑열 부부, 37회 이상균 부부, 42회 권순형 부부).

인천공항에 모여 반가운 마음으로 서로의 안부를 묻고 탑승하여 이륙하니 항로는 직선으로 가지 않고 서해로 갔다 다시 우성 방향으로 틀어가 중국 선양(沈陽桃仙國際機場)에 내렸다.

남북이 분단되어 유럽, 중앙아시아, 미주 방향으로 갈 때는 북한 영공을 통과하지 못해 돌아갈 수밖에 없어 비행기를 탈 때마다 마음이 아팠다. 그런데 백두산을 가니 더욱 북한이 남북경협, 평화구축, 국제사회 일원으로 나왔으면 하는 생각이 간절했다.

심양(沈陽, 옛 이름 奉天)은 고조선 이래 한중(韓中)간에 수많은 사연이 깃들어 있는 도시로 한민족에게는 고달프고 아픈 일들이 벌어진 발원지다. 옛날 고조선, 고구려, 부여 땅이었으나 잃어버린 땅이 되었다. 중국으로 사신 갈 때 심양부터는 말을 타지 못하고 걸어갔다는 얘기, 병자호란 때 50만이 포로로 끌려간 일, 일제 강점기 독립운동 등등….

지금은 중국이 동북공정으로 고구려 역사까지 편입시켜 광개토대왕을 지역왕으로 왜곡하고 있는 사례가 있어 더욱 그렇다.

만주는 광활하고 비옥한 대평원으로 흑룡강(아무르강)을 넘어 러시아까지 이어지는 곡창지대로 지하자원과 산림, 물이 풍부한 천혜의 자원보고이다.

심양 공항을 나와 백두산 북파(北坡)의 관문인 이도백하진(二道白河鎭)으로 가면서 동문 소개 시간을 가졌다. '김구일' 동문은 6·25 전쟁 때 '호암지'(1923년 3월 준공)에 포탄이 떨어진 탄피를 주우러 다니던 초등학교 시절, '반기문' 전

유엔총장과 고등학교 다니던 시절, 회사경영 할 때 수출하러 세계를 불철주야 뛰어다니던 일, 노사분규와 사업철수, 뉴질랜드 이민과 귀국하여 활동하던 얘기, 충주고 동문에 대한 애틋한 애정과 국가에 대한 충정 등 많은 얘기를 구수하게 풀고 「봄날은 간다」를 한 곡조 뽑았다.

1970~80년대 냉선 시절에 알래스카를 경유해 2박3일 비행기를 타고 파리, 런던, 프랑크푸르트, 로마 등지에 가서 수출 상담을 성사시키고 품질·가격·납기 등을 맞추기 위해 밤새워 일하던 얘기, 그렇게 믿었던 직원들이 노사분규를 일으켜 상심했던 얘기는 나의 마음을 너무 아프게 했다.

나도 회사에서 노무 담당을 하여 68일간이라는 파업을 겪었고 IMF로 국내외 회사 매가, 통폐합, 청산과 수천 명의 임직원을 구조 조정했기에 너무나도 마음에 와 닿았다. 나의 마음이 숯검정인데 주인인 '김구일' 동문의 마음은 어떠하였을까? 멍이 들어 파랗다 못해 쓸노 보기 싫었을 것이다. 오죽하면 "이런 얘기를 누구 앞에서 하겠습니까? 여기 재경 충주고 산악회원 앞이니까 하지!"

라고 덧붙였다.

아! 가슴이 먹먹하다. 글 쓰는 지금도 가슴이 먹먹하다. 그래서 「봄날은 간다」란 노래를 불렀는지도 모른다.

'지장선' 동문은 호적에 나이가 몇 살 줄어 늦게 입학하여 중학교 때는 여선생님과 나이 차가 많이 나지 않았다는 사연, 이천으로 귀촌하여 벼 농사짓는데 이천 땅을 살 때 '강남에 살까? 이천에 살까?' 하다가 이천에 샀던 얘기, 산에 다니던 산악회 초창기 추억 등 그리운 시절을 회고하였다.

아이고! 그때 강남에 땅 사서 후배들 술 좀 사주시지요? 아마 강남에 땅을 샀으면 산악회에서 같이 산을 누비고 다녔을까? 궁금하다.

그 시절이 그리워 굵고 우렁찬 목소리로 「바위 고개」를 열창했다.

'김진영' 동문은 공직에 있으면서 산업화와 도시화에서 우리나라가 상대적으로 취약했던 안전, 보건, 환경 분야에 기틀을 만들기 위해 일했던 얘기, ○ ○ ○

시 부시장 시절 국제도시를 만든 애기와 프로축구단 겸직하면서 스포츠 분야에 있었던 일화, 충주고 동문으로서 자긍심, 여행 기간 건강과 안전에 유념해서 즐겁게 보내자면서 시 한 수를 읊었다.

'이상훈' 동문은 고교 시절 충주여고 여학생들과 미팅했던 기억, TIME지와 AFKN(주한 미군라디오방송)을 들으면서 영어 공부한 애기, 미군 부대에 근무하면서 체험한 소중한 기억, 산악회 선후배들과 있었던 미담을 선한 눈빛과 정제된 언어로 이야기했다.

대선배 분들이 노래까지 하니 여행 분위기가 좋아지고 후배들은 박수와 환호로 호응했다. 다른 동문도 산행하면서 있었던 추억과 미담 등 이런 애기 저런 애기를 했고, 부부동반 동문은 배우자를 만나게 된 인연과 결혼생활 등 소개를 하고 노래 한 곡씩 곁들였다.

시간 가는 줄도 모르고 슬겁게 웃고 떠들나 보니 버스는 점심 식딩에 도착했다.

조선족식 밥과 반찬에 '빠이주(白酒)'를 네댓 잔씩 하고 일부는 얼근할 정도

까지 기울여서인지 기분이 좋고 45인승 버스로 달리는 여정도 지루하지 않았다. 도로 양옆은 드넓은 만주벌판 평야가 끝없이 이어지고 방풍림으로 심은 포플러 나무가 푸름을 더해 정겨웠다.

이도백하 진((二道白河 镇, 길림성 연변조선족자치주 안도현)은 백두산 천지에서 발원한 물줄기(白河) 두 개(二道)가 합류하는 곳이라는 데서 유래하고 1983년 '이도'로 명명됐다. 전설에 의하면 "옥황황제께서 백두산 천지의 물이 영원히 마르지 않도록 물길을 두 줄기로 뻗게 하여, 백성들이 가뭄을 모르고 풍요롭게 살 수 있도록 하였다"고 했다는 것이다.

천지는 남으로 압록강, 동으로 두만강, 북서로 송화강을 만든다. 이도백하는 송화강 상류로 백두산 입구까지 34km, 북파까지 100km인 곳이다. 이도백하에 도착하니 낙엽송과 미인송(美人松)이 하늘에 닿을 듯 쭉쭉 뻗어 있고 고원 산지라서인지 확연히 쌀쌀하고 추웠다.

'천사유도(天賜遊度假村)' 호텔에 여장을 풀고 '백계산장(白溪山莊)' 식당에서 느긋하게 저녁 식사와 '빠이주'를 주고받으면서 선후배의 우정과 충고인(忠

高人)의 의리를 다졌다.

　숙소로 돌아와 이 방 저 방 웃음소리와 술잔 부딪치는 소리로 이도백하의 밤을 지새웠다. 다음 날 아침에 고량주 특유의 향이 푹푹 나고 밥은 못 먹고 멀건 죽과 국물만 들이키는 동문이 꽤 많았다. 한쪽에서는 어젯밤의 술 씨름 얘기와 뿌연 담배 연기를 연신 내뿜고 있었다. 울창한 삼림과 공기 좋은 곳에서 하룻밤을 자서 그런지 상쾌했다.

　'김구일' 동문이 사준 단체 티셔츠를 입고 이도백하에서 낙엽송과 미인송이 울창한 도로를 가는데 갑자기 멀리 희미하게 하늘과 맞닿은 우뚝 선 백두산이 나타났다.

　아! 저기가 백두산이로구나. 진짜로 백두산이다!

　이렇게 가까운 곳을 뭐하디 이제야 온 건지?

　'백두산'(중국명 장백산) 입구에 내려 사진을 촬영하고 입장했다. 녹색의 대형 전기버스를 타고 출발하여 중간 지점에서 승합차로 갈아타는데 안개비가 왔다. 어째 불길한 예감이 들었다. 전기 승합차는 북파 입구까지 구불구불한 길을 한참 올라갔다. 2000m 고지를 넘으니 초목은 보이지 않고 백두산 기슭에는 야생화가 하늘거리는데, 아뿔싸 안개가 자욱하다.

이 무슨 일이란 말인가? 이러다간 천지가 보이지 않을 수 있다. 백 번 와야 한 번 본다는데 정말인가?

북파 개찰구에는 많은 인파로 시차를 두고 관광객을 입장시켰다. 입구를 통과하니 멀리 안개 속에 희미하게 백두산이 보였다. 약간 거무튀튀한 색, 흙색, 검붉은 색 등이 엉켜진 부석 화산암과 녹지 않은 눈과 얼음이 비탈길에 있고, 긴 능선 길에는 천지로 올라가는 사람들로 빼곡하여 숨이 막힐 지경이었다. 대부분 중국인과 일부 한국 관광객인데 우연히 북한 대학생들로 보이는 체육선수단과 일행 약 20여 명이 보였다.

입장과 동시에 사진을 찍고 줄지어 비탈길을 올라가 A 코스인 '천문봉'에 도착했는데, 천지는 언뜻언뜻 희미하게만 보여줄 뿐 안개로 얼굴을 가리고 애만 태웠다.

'입추의 여지가 없다'라는 말이 있듯이 '천문봉'에는 얼마나 사람이 많은지 움직이기조차 힘들었다.

우리가 보통 사람인가? 어떻게든 자리를 만들어 한민족의 시원(始元)이자 백두대간 금수강산의 종조산(宗祖山)인 여기서 기원제(祈願祭)를 올려야 한다.

간신히 좁은 자리를 만들어 얼른 돗자리를 펴고 사과, 배, 포, 과자, 빵, 소주가 전부인 제물이지만 기원제를 올렸다. 재경 충주고 산악회의 발전과 회원 가정에 행복이 깃들고 안전 산행하길 기원하는 상기된 얼굴에는 형언할 수 없는 기쁨이 넘쳤다.

기원 제주 음복이 이렇게 벅찬 건 나 혼자만의 느낌이 아니었을 것이다.

우리는 천문봉에서 조금 떨어진 B 코스 '천지' 유념비(등소평 유념비, 1983년 8

월 13일 방문)로 이동하여 안개 속 천지와 봉우리를 보면서 아쉬움을 달랬다.

천문봉에서 내려오는 발걸음에는 이제는 특별한 일이 없는 한 언제 천지를 보러 오겠는가? 터벅터벅 내려오는 발자국은 흔적도 없이 부석에 묻혀 버리고 인산인해의 사람들이 떠드는 중국말 소리와 사진 찍는 소리에 백두산 정상은 멀어져 갔다.

출구 앞에 도착하여 딘체 사진을 찍고 안개기 언제 걷힐지 모르고 하산하여 비룡폭포, 소천지(小天池, 銀環湖), 녹연담(綠煙潭)을 가야 하니 하산하자고 가이드가 졸라댔다. 오늘 일정을 다 취소하고 오후까지 기다렸으면 좋겠다는 의견이 있었으나 날씨도 춥고 한참을 기다려도 날씨는 변화가 없자 가이드는 오늘은 "천지를 볼 수 없다"고 우겨댔다. 여기서부터 꼬이기 시작했다.

하산하여 백두산 입구 주차장에서 셔틀버스를 타고 약 5분 거리인 '비룡폭포(중국명 장백폭포)' 입구에 도착하니 저 멀리 왼쪽 천문봉과 오른쪽 용문봉 기슭이 보였다. 비룡폭포와 온전지대 입구에서 비룡폭포 전망대까지는 약 600ⅿ 징도인데 훼손을 막고자 나무로 산책로를 만들어 놨다.

 폭포로 가는 길에는 유황 온천이 끓어올라 뿌연 수증기를 뿜어냈다. 화산암 계곡은 송화강의 발원지로 넓고 웅장하여 나무가 우거졌고, 좌우로는 백두산 천문봉과 용문봉의 높고 우람한 봉우리가 나를 내려다보고 폭포 주변에 흰 눈과 얼음 덩어리가 보였다.

 비룡폭포에서 떨어진 천지 물이 계곡을 용처럼 꿈틀거리면서 요란한 소리를 내며 흘러 내려오는데 갑자기 "쏴" 하는 천둥 굉음이 들려왔다. 폭포수 소리였다. 비룡폭포는 접근할 수 없게 전망대를 설치해 보호하고 있었으며, 달문 우측 계단으로 올라 천지로 가는 길은 장마에 계단이 무너진 이후 보수하지 않아 갈 수 없었다. 전망대에 도착하니 폭포에서 꽤 먼 거리인데도 폭포 소리가 커 옆 사람과의 대화 소리가 들리지 않았다.

 천지 물은 북쪽 달문(闥門: 산의 문, 달은 만주어로 '산'을 뜻함)을 나와 천문봉과 용문봉 양안(兩岸) 깊이 300m 협곡 사이 1250m를 흘러내리는데 승사하(昇嗣河, 乘槎河) 또는 통천하(通天河)라고 부른다. '승사하'를 흐르는 천지 물은 바

닥 돌멩이에 부딪혀 흰 물결을 일으키고 백룡의 울음소리를 내다가 주상절리에 수직으로 떨어져 흰 물기둥 비룡폭포(68m)를 만드는데 백룡이 승천하는 모습이다. 바닥으로 떨어진 백수(白水)는 하늘로 솟구쳐 하얀 물보라가 V자 모양의 양안 기슭 겨울 눈, 얼음과 어울려 한 폭의 몽환적인 동양화를 그렸다.

 천지에서는 안개와 인파, 천지를 보겠다는 생각에 빠져 정신이 없어 생각을 못 했는데 백두산 봉우리와 비룡폭포를 바라보니 '남이(南怡)' 장군의 「북정가(北征歌)」가 생각나 읊어 봤다.

 "白頭山石磨刀盡(백두산석마도진)　백두산 불은 칼을 갈아 다하고
 豆滿江水飮馬無(두만강수음마무)　두만강 물은 말을 먹여 없애리.
 南兒二十未平國(남아이십미평국)　남아 이십에 나라를 평정하지 못하면
 後世唯稱大丈夫(후세유칭대장부)　후세에 누가 대장부라 하리오."

 백두산, 천지, 달문, 비룡폭포, 송화강, 압록강, 두만강, 개마고원, 만주벌판, 백두대간 등 이런 말들이 백두산 있어 생겨난 것인데 동문산악회 회원, 배우자

와 같이 와서 백두산과 비룡폭포를 바라보니 풍경이 천하제일이고 영적인 느낌을 받아 감개무량했다.

폭포를 뒤로 하고 올라올 때와 다른 길로 내려가 유황 온천지대에 도착하니 노천 온천수가 부글부글 끓어 유황 냄새가 코를 찌르고 누렇게 변한 화산암 위로 흘렀다.

82℃의 끓는 온천수에 달걀, 오리 알, 고구마, 옥수수를 익혀 팔고 있어 달걀을 사 먹으면서 쌀쌀한 몸을 녹였다. 참 맛도 좋고 기분도 좋고 사람도 좋고 백두도 좋았다.

온천지대에서 나와 주차장에서 버스를 약 5분 타고 소천지 입구에서 내려 자작나무 숲을 조금 걸어가니 비룡폭포 물이 흘러들어와 만들어진 아담한 '소천지'가 나타났다. 소천지는 선녀와 나무꾼 전설이 있는 곳으로 에메랄드 색깔의 작은 연못과 주변에는 온통 자작나무의 일종인 은사시나무가 우거져있다. 연못 물이 흘러나가는 곳이 없어 1년 내내 마르지 않는다고 한다.

'녹연담' 입구는 비룡폭포 주차장에서 약 200m 떨어진 곳에 있었다. 원시림에 들어서면 작은 폭포가 나오고 수령 500년 된 자작나무가 있는 숲과 계곡 물길을 따라 약 600m을 걸어가다 보면 비룡폭포 물이 흘러 만들어진 예쁜 녹연담이 나온다. 천지 물이 비룡폭포를 지나 송화강 계곡을 흐르다가 흘러들어 네 줄기 폭포를 만들며 떨어져 녹연담이 된다. 녹색 연못에는 자작나무가 자라고 있어 무척 아름다웠다. 녹연담에서 백두산 천문봉이 보였다. 녹색 호수, 하얀 윤슬, 하얀 자작나무 줄기와 녹색 잎사귀, 하얀 폭포수, 검은 주상절리 풍광이 어우러져 피로가 확 풀렸다.

백두산 북파 일대 여정을 마치고 점심을 먹으러 이도백하 식당에 들어갔는데, 백두산에서 만난 북한 체육선수단 일행을 마주쳤다. 내가 처음 북한 동포를 본 것은 1989년 상해 동방명주 엘리베이터에서 김일성 배지를 단 중년 남성과 자줏빛 한복의 중년 여성이었다. 그때 너무 마르고 야윈 모습에 마음이 아프고 충격이었다. 엘리베이터에 남북한 두 명씩 네 명만 있었는데, 나와 일행이 떠들어도 북한 동포는 아무 말도 없었다. 엘리베이터에서 내려 동방명주에서 상하이 시내와 황푸강을 구경하는 동안 몇 번을 마주쳐 인사했는데도 피하며 사람들이 없는 구석으로 가버렸다. 1989년에 동방명주를 관광할 북한 주민이라면 분명 평범한 사람들은 아니었을 것이다.

그 이후 중국 여러 성(省), 캄보디아, 베트남에 있는 북한식당을 여러 번 갔는데 캄보디아에서 보았던 북한식당 여자 봉사원이 탈북해 TV에 나오는 걸 보고 깜짝 놀랐다.

봉사원들이 각자 매출을 올려야 편하다는 말을 듣고 '백두산 들쭉술', '개성 고려인삼술' '안궁우황환'을 꽤 많이 사 날랐었다.

백두산과 동북 3성에 왔으니 당연히 북한 사람을 만날 수 있다고 생각했는데, 같은 사람들을 백두산에서 보고 식당에서 만나다니 반가웠다. 말을 걸고 싶었는데 검은 안경을 낀 서너 명이 북한 선수들을 감시해 접근할 수 없고, 남북한 사이가 경직되어 조심하라는 말들이 있어 어떻게 할 수가 없었다.

점심을 먹고 있는데 우리보다 2시간 뒤에 백두산에 올라간 한국 여행객들이 천지를 보고 내려왔다고 얘기하며 식당에 들어왔다. 천지를 봤다는 말을 듣는 순간 열이 확 받았다.

천지에서 2시간만 기다렸으면 천지를 봤을 텐데? 괜히 가이드 말 듣고 내려와서 이게 뭐람?

"점심 먹고 다시 천지에 가자!"는 의견이 있었으나 "다음 일정상 갈 수 없고 올라간다 해도 천지를 볼 수 있다는 확신이 없다"고 가이드가 또 우겨댔다.

식당 벽에 걸려 있는 천지 사진을 보고 있자니 중국 보걸 가이드에 삽힌 것 같은 생각에 기분이 더러워 씩씩거리며 배갈만 몇 잔씩 부어버렸다.

열이 잔뜩 받은 동문들은 천지를 못 봤으니 여정에 없던 '단동(丹東)'을 추가하여 "압록강 철교도 보고 북한식당에 가서 저녁 먹고 노래도 듣고 술도 한잔 하지!"라고 결정한 후 가이드를 설득해 통화(通化)로 가던 버스를 단동(옛 이름 安東, 1965년 改名)으로 돌렸다.

통화에서 단동까지 약 250km로 고속도로로만 3시간이 걸리는 먼 거리이다.

단동으로 가는데 역수 같은 비가 세찬 바람과 함께 내려 앞이 보이지 않았다. 만주가 한반도보다 장마가 먼저 온다고 하는데, 하필 압록강 철교를 보러 가는 길에 이러니 백두산에서도 그렇고 날씨 복이 없다.

압록강이 보이는 단동에 들어서니, 압록강 건너 북한 땅이 '황금평'인데 북한과 중국이 '황금평경제특구'를 개발하다가 중단되었다. 황금평을 지나 압록강에 있는 중국 땅 '월량도'에는 홍콩 투자금을 유치해 엄청난 위락시설을 조성하고 있다.

단동 시내에 도착하자 다행히 비가 그쳐 압록강이 보이고 압록강 건너 북한 땅 신의주(1번 국도 시작, 경의선~경부선, 아시안 하이웨이 1호선)가 보였다. 압록강을 따라 수변공원이 조성되어 있고 구 압록강철교(1911년, 944m, 6·25 때 폭격으로 교각 12개 중 중국측 교각 4개만 남음, 1993년 6월 관광지 조성, 2000년 압록강단교로 개칭)와 망루, 신조중압록강철교(조중우의교, 1943년, 구교 60m 상류방면, 6·25 때 파괴된 복선철교를 1차선 도로, 1차선 철교로 복구)가 나타났다. 압록강 건너 신의주에는 '압록강각'과 낮은 건물, 작은 배, 붉은 구호 문구, 국경을 지키는 초소, 미루나무가 우거진 '위화도'가 보였다.

단동은 경제발전으로 고층건물과 수많은 인파가 활발하게 움직이는 반면 신의주 쪽은 쥐죽은 듯 조용한 적막강산이었다. 안개비가 추적추적 오고 바람이 쌀쌀하게 불었지만 우리는 단교(斷橋) 앞에 내려 기념사진을 찍었다. 압록강과 신의주를 바라보니 분단의 아픔이 새삼 뼈아프게 느껴졌다. 비가 와서 망루와 철교 관광이 통제되어 철교 위에는 가보지 못했다. 망루에는 6·25 때 사용한 고사포가 있고 파괴된 단교 사진과 투하됐던 포탄이 전시되어 있다. 단교〔중공군 개입을 염려해 1950년 11월 8일 오전 9시 B-29 포격으로 파괴됨, 제2단교인 청성교(1951. 3. 29 파괴)는 단교에서 40km 떨어져 있음〕 입구에는 단교유지(斷橋遺址)와 북한을 원조한 팽덕회, 모안영(모택동 장남)이 출병하는 동상이 세워져 있다. 6·25 남침과 중공군 개입을 정당화한 생생히 살아 있는 역사적인 현장에 서 있다니 아이러니했다.

철교 바로 아래에서 유람선을 타고 압록강을 유람할 수 있는데 비바람으로 운영하지 않았는데, 선착장 강 건너 북한 '방산마을'이 보였다.

밤이 되자 단동은 휘황찬란한 불빛으로 빛나는데 강 건너 신의주는 불빛 하나 없어 칠흑보다 더 캄캄했다. 철교는 다양한 색의 조명을 설치해 시차를 두고 색깔이 변해 다리와 압록강의 물결이 무척 아름다웠다.

북한 쪽이 캄캄하니 조명은 더욱더 선명하고 대비되었다. 밤이 되니 찾는 사람이 없고 쥐죽은 듯 조용하여 적막강산이 따로 없었다.

중국에서 일부러 국경인 단동과 압록강 주변 건물에 네온사인과 가로등을 많이 설치했겠지만 이건 해도 너무했다. 북한에서 탈북자를 막기 위해 불을 안 밝히는 건지, 전기가 부족해 그런 건지 도무지 이해가 되지 않아 충격적이었다.

우리가 갈 북한 식당은 '평양 고려관(단동 고려관, 북한 고려호텔과 중국 천달유한공사 합작, 10년간 방치된 5층 건물을 1백만 불 투자로 리모델링, 2012년 2월부터 북한이 운영하는 북한식당으로 접대원 120명 포함 종업원 200명이라 함)'은 철교 맞은편 길 건너 도로에 딱 붙어 있었다. 외관은 대리석 5층 건물이었다. 식당에 들어가니 1층 로비가 화려하고 안내원과 접대원 여성 동무들도 세련되었다.

1층에는 대형 연회식당이 있지만 우리는 미리 가이드한테 단독 룸을 예약해 엘리베이터를 타고 안내받아 3층 별실로 이동했다. 룸은 고급 대리석, 실크 벽지, 화려한 조명, 대리석 화장실, 10인용 원형 식탁, 소규모 공연무대를 갖추었고 인테리어가 화려한 아름다운 방이었다. 북경과 상해에서 가봤던 중국 고급 식당과 똑같아 룸에 들어서자마자 깜짝 놀랐다. 중국에서 투자해 그런 것 같았다. 아마 서울에서도 이 정도의 식당 방은 굉장히 비싸 특별한 날이 아니면 일반인들이 가기가 쉽지 않다.

북한식당이 처음인 사람들은 어리둥절하고 긴장하는 모습이 역력했다. '단동'이라 그린지 남북한 교류협력이 원활하지 못한 탓인지 안내원과 접대원도 상당히 딱딱하고 경직되어 있었다. 말을 걸어도 잘 받아주지 않고 웃음기 없이

냉랭한 얼굴로 의례적인 음식 서빙만 하였다. 접대원을 관리하는 여성 팀장이 엄격하고 단호한 어조로 "농담과 사진 찍지 말라"고 경고해서인지 긴장했다. 식사와 더불어 평양 소주를 마시기 시작하니 그나마 긴장이 약간 풀리는 듯했다. 접대원 동무들은 팀장이 없을 땐 웃기도 하면서 대화도 받아줬다.

참 이게 뭔 상황인지 웃어야 할지 울어야 할지? 세상에 이런 곳이 있다니?

북한 음식은 화학조미료를 쓰지 않는지 정갈하고 담백해 궁중 음식을 먹는 것 같았다. 많은 음식 중에도 백김치, 순대, 녹두전, 평양냉면은 어디에서든 한국의 북한음식점 어디를 가도 흉내낼 수 없는 순수한 맛이었다.

음식이 다 들어오니 접대원들이 「만나서 반갑습니다」, 「아리랑」, 「고향의 봄」, 「휘파람」, 「다시 만납시다」 등을 불렀다. 그런데 사진과 동영상을 못 찍게 해 찍지도 못하고 식사하는 것만 사정사정해서 허락받고 간신히 찍었다.

다른 북한식당에서 사진, 동영상도 찍고 개별 사진도 찍었던 시절이 있었는데 이젠 그런 시절이 아닌가 싶었다. 그래도 음식이 맛있고 술을 한잔 씩 하면

서 귀에 익숙한 북한 노래를 흥얼거렸다.

단둥에 오길 잘 한 것 같다. 언제 이렇게 동문이 같이 와서 북한식당에서 북한 음식을 먹을 수 있을까? 영원히 없을 것이다.

식사를 마치고 '평양고려관'을 나오는데 아쉬움에 자꾸 뒤돌아보면서 버스에 올라 고구려 숨결이 깃들어 있는 길림성 통화시 집안시(集安市, 縣及)로 비몽사몽하면서 이동했다.

밤늦게 집안에 도착해 곯아떨어져 눈을 뜨니 아침이었다. 호텔 창문을 열고 하늘을 바라보니 날씨가 맑아 오늘 여성이 좋을 것 같은 기분이다.

'광개토태왕비'를 보러 통구(通溝)로 가는 도중 '집안명성역사유적지(集安名城歷史遺蹟地)' 방문을 환영하는 커다란 표지판이 있는 휴게소에서 기념사진을 찍었다. 그때 웃는 모습들이 행복해 보였는지 '지장선' 동문이 배우자 분들 마시라고 와인을 몇 병 선물했다.

집안시는 압록강을 사이에 두고 북한 자강도 만포시와 마주 보고 있는데, 태

왕진(太王鎭)에 있는 광개토왕비로 가는 길은 북한과 중국을 오가는 철도 건널목을 건너야 했다.

건널목 바로 옆 앵두나무에는 빨간 앵두가 주렁주렁 달려있고 북한 방향의 단선 철길을 따라 낙엽송이 자라고 있는데 한적하고 고요했다. 압록강과 북한 땅이 지척이라 북한 기차 기적 소리도 들렸다.

김일성과 김정은도 이 철길로 중국을 방문했다고 가이드가 설명했다.

유적지 입구에 도착하니 관리직원들이 살벌하게 입구를 지키고 있고 우측에는 '고구려 28대왕 관람관'(고구려 1대 동명성왕~28대 보장왕, 19대 광개토왕, 20대 장수왕) 건물이 있었다.

광개토왕비(廟號는 '國岡山廣開土王境平安好太王碑)는 고구려 장수왕 3년 서기 414년에 세웠는데 높이 6.39m, 면 넓이 1.38~2.0m, 측면 1.35~1.46m의 응회암 석비(石碑)이다

비문은 고구려 역사와 광개토왕의 업적을 1면 11행, 2면 10행, 3면 14행, 4면 9행 총 44행에 1775자를 예서(隸書) 음각으로 기록하고 있다.

광개토왕비는 비각 안에 있었다. 다행히 입장해 눈으로 비석을 볼 수 있었지만 손으로 만지는 것이 금지되어 바라만 봤다. 비석 옆에는 관리원이 철저히 지키고 있었다(하지만 현재는 비각 안으로 들어가지 못하고 밖에서 유리를 통해 볼 수만 있다). 비석의 엄청난 크기에 놀랐고 음각 예서체 기운에 심장이 멈추는 듯했다. 나름대로 비문을 많이 봤는데 이렇게 큰 자연석에 새긴 힘이 넘치고 유려한 금석문은 이 세상에 호태왕비만인 것 같다. 나는 멍하니 한참 비문을 바라

보고 몇 자를 해석해 봤다.

광개토왕의 정기를 받은 동문은 비각 앞에서 단체 사진을 찍고 태왕비(太王碑) 서남쪽 약 400m에 있는 태왕릉으로 향했다.

태왕릉은 '길림성 집안시 태왕향 통구' 분지의 우산(禹山) 남쪽 기슭 아래 자리 잡고 있는데 넓은 유적지에는 잔디와 토끼풀이 자라고 있었다. 태왕릉은 넓이 62.5~68m, 높이 14m로 호분석(護墳石, 넓이 1.75m, 높이 6m)이 한 면에 5개씩 사면(四面)에 있는 방형계단석실총(方形階段石室塚)이다. 외벽 화강암은 많이 훼손되어 11단만 남아 있고 호분석과 내부 자갈이 풀에 덮여 큰 산처럼 멀리서도 보였다.

태왕릉 상부는 한 면이 24m 정도로 평평한 방형을 이루고 그 아래 넓이 2.8m, 높이 2m의 현실(玄室)이 있다. 현실(길이 3.24m, 넓이 2.96m) 내부는 방형 석곽(石槨)이 있고, 석곽 안에는 남북으로 관대(棺臺) 두 개가 놓여 있고, 서벽(西壁) 중앙에 연도(길이 5.4m, 넓이 1.96m)가 있다.

현실 외부에는 대리석과 자갈이 흩어져 있어 관리가 시원찮고 잡초가 무성하고 풍파에 릉과 현실 입구가 많이 훼손되어 있었다. 왕릉 위에서는 유장한 압록강과 북한 만포시가 눈앞에 들어오고 장군총과 임강총도 보이는데, 만포시 산은 민둥산이고 개간해 농작물을 심어 자라는 것이 보였다.

오랜 세월 방치되어 있다가 근자에 관리하고 남의 나라에 있으니 오죽하겠는가?

우리는 통일신라 이후 잃어버린 땅이 됐고 일제 강점기와 남북분단을 거치면서 말로만 고구려, 부여를 말하지 지리적으로 접근하기도 어려웠고, 학술연구 미비와 역사교육이 부족하여 너무 몰랐다.

유적지도 그렇고 북한 땅을 바라보니 그렇고, 어쩌다 이렇게 됐을까? 앞으로는 이렇게 해야 하는가?

나는 속으로 되뇌면서, 너무 늦었지만 '태왕릉'에 절을 하고 인사를 드렸다.

그와 함께 "우리나라 경제가 세계 최강이 되고 국력이 강성해야 살아남고 다시는 이런 회한을 후대에 물려주지 않을 수 있다. 모든 분야에서 최고가 돼야 한다."고 다짐했다.

광개토왕비에서 약 500m 떨어진 장군총으로 향하는데 하늘은 파랗고 매미가 구슬피 울어 걷는 마음은 무거웠다.

장군총은 한 면이 31.5m~33m, 높이 14m로, 1146개(1개당 넓이 4.5m, 높이 1.9m)의 화강암을 7단으로 쌓아 올린 계단식석실적석총(階段式石室積石塚)으로 현실 한 면이 5.43~5.5m, 높이 5.1m로 내부는 강돌로 채워져 있다. 철 계단을 설치해 올라가 현실 내부를 관람할 수 있었는데 2005년 유적지보호를 위해 계단을 철거하고 관람을 금지시켰다.

각 면에는 높이 1.9~4.5m의 호분석을 3개씩 세워 놨는데 기단의 하중을 보강하면서 왕릉을 호위하고 있다.

전체 능원(陵園)은 장군총, 배총(陪塚) 2기, 추정 제사시설 1기, 배수구 1기, 추정 부속 건물로 장군총은 어마어마하게 크고 화강암을 매끈하게 다듬어 미려하고 주변 관리를 철저히 해서 깨끗하고 정돈이 잘 되어 있었다. 유적지를 관람하면서 뽕나무 아래에 앉아 담소를 나누는데, 왕께서 말씀하셨는지 하늘이 푸르고 흰 구름이 노닐면서 따뜻한 바람을 보내 양 볼을 살랑살랑 간지럽혔다.

동문의 다정다감한 얼굴에는 웃음이 가득했다.

유적지 관람을 마치고 점심 식사와 압록강 유람선을 타기 위해 집안시 압록강 근처로 이동하였다.

마음에 여유가 생긴 건지 '조족소고(朝族燒烤, 조선족불고기)'라는 조선족 식당에서 소 불고기 안주에 백주를 마시는데 이곳저곳에서 건배를 외치고 추가 주문을 쉴 새 없이 불러댔다.

모두 기분이 좋고 흥이 올라갔다. 바로 앞이 압록강이라 빤히 북한 땅이 보이는 데서 여행이 즐겁고 신나서 술 한잔하면서 떠들고 있으니 뭐라 표현할 수 없는 기분이 들었다.

길거리에는 좌판을 깔고 각종 과일, 인삼, 약재, 농산품을 팔아 1970년대 시골과 비슷한 낯익은 풍경이 펼쳐졌다. 살구와 포도를 사서 나눠 먹고 있는데, 한 쪽에서 백두산 산삼이라고 파는 사람한테 산삼 한 묶음을 사기도 했다. 백두산에는 토양과 기후가 좋아 인삼 재배를 많이 해서 진짜 산삼이라고 믿기 어렵다.

유람선을 타기 위해 압록강 강변으로 걸어가자 '鴨綠江' 표지석이 세워져 있고 코앞에 압록강과 북한 땅이 나타났다.

날씨가 쾌청하여 지척의 북한 땅이 선명하게 보였고 산 능선까지 농작물을 재배하고 있었다.

강변 계단을 내려가 유람선 승선장에서 안전교육을 받고 안전 조끼를 입은 후 제트 쾌속 유람선 보트에 승선했다. 압록강에서 보트를 타려니 설레고 북한군 참호가 보여 긴장됐다. 보트에 탑승하자 미리 선장에게 팁을 주어 그런지 보트는 압록강을 가로질러 이리저리 왔다 갔다 하다가 강 중앙을 넘어 북한 쪽으로 깊이 들어갔다. 경계를 보던 북한 병사가 무슨 일인가 싶어 참호에서 빠끔히 고개를 들고 한참 쳐다보다가 들어갔다. AK 소총을 들고 있어 쏘지나 않을까 겁을 먹는 순간 보트는 다시 중국 쪽으로 돌려 나와 속력을 잔뜩 올려 질주했다. 상쾌하고 신선한 압록강 강바람이 얼굴에 부딪혀 뺨이 따가웠다. 달리는 질주에 모두 괴성과 환호로 응답하고 짙푸른 강물은 두 줄기로 갈라지며 뒤로 하얀 물을 수없이 뿌려 수채화를 그렸다.

압록강에서의 보트 투어는 신선이 뱃놀이하는 것과 같았고 막상 압록강에서 보트를 타보니 강폭이 생각보다 넓었다.

유람선을 타고 강둑으로 나오면서 건너편을 바라보니 너무나 가슴이 아팠다. 분단이 아니라면 아무 거리낌 없이 자유롭게 왕래하고 여행 다닐 이곳을 중국을 통해 오가고 경계가 막혀 갈 수 없는 현실이 안타깝고 비통했다. 한민족만 유일하게 동족끼리 이념을 달리해 1세기가 다되도록 철천지원수처럼 살고 있으니 비극도 이런 비극이 없다.

유람을 마치고 심양으로 발길을 돌려 가는네 북한 국경신을 보고 싶다니까 가이드가 위험해 곤란하다고 주저했다. 그러다가 운전기사와 한참 얘기하더니

절대 창문을 열지 않고 북한 쪽을 보지 않는 조건으로 갈 테니 안전에 주의해 달라고 신신당부했다.

북한군 총에 차량이 맞은 적이 있다고 하면서 겁을 잔뜩 주었는데 설마 했다.

어딘지 모를 깊은 산골짜기를 가는데 길옆에 도랑물이 흐르고 집과 인적이 없어 싸늘한 기운이 감도는 길이었다. 중국과 북한 국경 경계를 표시하지 않고 시설물을 설치하지 않은 곳이었다. 세상에 이런 데가 있다니 놀랐다.

1차선 도로를 지나는데 왼편으로 국경선 철책이 도로 옆에 바짝 붙어 있고 도랑물이 흐르는 곳이 나타났다.

냇가에서 빨래하는 북한 여인과 아이, 웃통을 벗고 담배 피우는 남성 서너 명이 보였다. 그런데 차를 향해 욕을 하고 돌을 던지고 이에 더해 팔뚝을 까는 욕까지 해댔다.

집이라고 할 수 없는 나무집에 빨래 옷이 걸려 있고 남루한 주민들 모습이었다. 국경선 보초병들이 사는 곳 같기도 하고 뭔지 알 수 없는 곳이었다.

버스가 천천히 가니까 갑자기 총을 들고 방아쇠를 당길 자세를 취해 속력 내어 달렸다. 가끔 차량이 가다가 이곳에서 총에 맞는 사고가 발생한다고 했다.

아마 탈북을 도와주는 차량으로 오인하거나 자기들을 깔본다고 화풀이하는 모양이었다.

창문에 대고 사진을 찍으려다가 식겁했다. 여기서 한 장 찍어 놓아야 하는데 사진은 고사하고 쳐다본다고 총을 드는 판이었으니 큰일 날 뻔했고 무서운 사람들이다.

다른 건 몰라도 국경이 이렇게 붙어 있는 데는 없을 것 같았다.

긴장됐시만 조금 벗어나자 징싱으로 돌아왔고 발전하는 도시들을 보면서 심양에 도착했다. 어딜 가도 공장과 기간산업, 부동산건설이 한창이라 모두 공사판이었다.

심양에서 마지막 저녁 밤 호텔 방에 다 같이 모여 늦은 시간까지 단합과 우애를 다졌는데, 탈이 날 정도로 고량주를 마셔 호텔 방을 못 찾고 헤매고 다닌 일도 있었다.

마지막 날 심양에서 오전에 북릉공원(淸昭陵, 청태종과 황후릉)을 관광하였다. 하지만 청 태종 '홍타이지'가 조선을 짐략(병자호란)하여 삼전도 지욕을 준 사람이라 소개하지 않겠다.

심양에서 신도시로 재개발한 서탑 코리아타운이라 불리는 서탑가(西塔街, 沈陽市 和平區)를 방문했는데 쇼핑몰, 위락시설, 편의시설, 각종 상가 및 식당 등이 밀집한 지역으로 심양의 쇼핑관광 명소이다.

청나라 때부터 상업시설이 밀집했던 곳으로 한국 기업과 상점들도 많이 진출해 있고 서탑 지역 반경 3km 중심으로 조선족 동포들의 생활 터전이며 조선족 소학교가 있다.

버스에서 내려 '조선백화점' 앞에 가자 중국어, 영어, 한글로 표기된 간판이 즐비하고 북한식당도 보였다. 북한식당이 10개가 넘고 파견근로자 등 북한 사람이 꽤 많이 있다고 한다. 북한식당이 있는 지역 쪽으로 가니까 가이드는 위험하니 절대 떨어지지 말고 붙어 다니고 북한 사람 만나도 마주치지 말라고 신신당부했다. 최근 상황이 좋지 않아 무슨 일이 일어날지 모르고 염려가 된다고 했다.

롯데리아와 엔젤리너스 커피숍 앞에서 사진을 찍고 맞은편에 '평양관'이 보여 평양관 앞까지 갔더니 아내가 갔다고 난리를 쳤다. 하긴 런던서 파리로 TGV 타고 가다 중간 정착지에서 내려 사진 찍다가 열차 문이 닫혀 미아가 될 뻔한 적이 있고, 신분이 노출되어 돌아다닐 테니 걱정이 되긴 될 것 같다. 일본에서 혼자 밤중에 길을 잘못 들어 조총련 거주지에 들어갔다가 전봇대에 '김일성 만세'라는 구호를 보고 등골이 오싹했던 경험, 블라디보스토크 어느 골목에서 북한 사람을 불쑥 만나 섬뜩했던 일들이 지금도 뇌리에 깊이 박혀 있다.

중국 상점과 거리 구경을 잠깐 하다가 음료수를 사 먹고 의미가 없어 서둘러 나왔다.

모든 일정을 마치고 심양 공항으로 이동하여 공항 입구 잔디밭 나무 그늘에서 도시락을 먹는데 집으로 간다는 마음에서인지 꿀맛 같았다. 탑승 수속을 마치고 탑승구에서 담소를 나누며 기다리는데 화기애애하고 여행이 쏜살같이 끝나 섭섭해 하면서도 즐거웠다.

비행기에 탑승하여 잠깐 잠이 들어 꿈을 꾸었는데 꿈속에 다음에 같이 갈 곳이 어렴풋이 나타났다.

이후로 2018년 10월 중국 태항산(太行山), 2019년 10월 중국 화산(華山) 및 시안(西安)을 다녀온 후 '황산(黃山)이나 태산(泰山)'을 가기로 했으나 코로나로 인해 추진하지 못했다.

그 날이 곧 오길 고대한다.

나의 해외 여행기

이상균(37회)

■ 2018년 3월 20일 쿠바 아바나 '반기문' 유엔 사무총장 방문 이발소 앞에서('반기문' 유엔사무총장이 2014년 1월 27일 아바나 '비에하 광장 Plaza Vieja' 골목 'Salon Correo'에서 이발하였는데 기록이 집 외벽에 설치해 있음)

■ 2019년 7월 21일 일본 남 알프 등산중 후지산을 배경으로

■ 2018년 8월 17일 일본 북알프스 '야리가타케'에서

■ 2019년 7월 24일 일본 후지산(3,776m) 정상에서

■ 2018년 3월 21일 쿠바 아바나 '헤밍웨이' 집 서재에서 (누구를 위하여 종을 울리나, 노인과 바다 집필 서재)

■ 2018년 8월 17일 일본 북알프스 '야리가타케' 사나이 두 사람 29회 '박광명' 37회 '이상균'

■ 2019년 9월 28일 설악산 용아장성 용머리 앞에서

■ 2023년 8월 6일 몽골 사막에서 '박관식'(33회) '이상균'(37회) 하늘로 날아보자!

잉카의 영혼이 숨 쉬는 마추픽추(Machu Picchu)를 찾아서

이상균(37회)

잉카의 잃어버린 공중도시 '마추픽추'는 언젠가부터 가보고 싶은 일생의 로망이사 버킷 리스트(Bucket List)중 첫 번째였지만 실행에 옮기는 일은 쉽지만은 않았다.

2018년 3월 드디어 지구를 한 바퀴 돌아 남미대륙을 종단하는 장기여행길에 올랐다.

인천공항을 출발하여 파리 드골공항에서 LAN 항공으로 환승, 아프리카와 대서양을 가로질러 브라질, 아르헨티나, 칠레, 콜롬비아, 에콰도르를 거쳐 페루 리마(LIMA)에서 국내선을 타고 꿈에 그리던 쿠스코(CUZCO)에 도착하였다.

비행기에서 내려다보는 석양에 빛나는 안데스 설산, 아마존 밀림을 휘감으면서 구불구불 그림을 그리며 유유히 흐르는 아마존 강은 형언할 수 없는 전율을 주었다. 친구가 안데스 최고봉(아콩카과산, 6961m, 아르헨티나에 있지만 칠레서 15km로 가까움)을 등정했기에 안데스 설산을 내려다보는 마음은 더욱 경건하였다.

쿠스코(케츄아어로 '배꼽' 즉 '세상의 배꼽'을 뜻함, 잉카 수도) 공항은 해발 3310m, 시내는 3300~3400m 고원 분지로 붉은 지붕의 집들이 산 중턱까지 빼곡히 들어서 있고 날씨는 맑았으나 썰렁했다.

설레는 마음으로 입국심사를 마치고 나오니 '엘콘도파샤(EL Condor Pasa)'가

잉카 선율로 운치 있게 흘러나왔다. 마침 현지인들이 둥근 그릇 위 천의 녹차 잎 비슷한 말린 나뭇잎을 집어 씹기에 나도 뭔가 싶어 한 줌 집는 순간, 가이드가 "한국 가서 어떻게 하시려고요? 한 달 지나도 혈액 검사하면 나옵니다. 이거 코카 잎입니다"라고 말해 얼른 놓았다.

나중에 안 일이지만 코카인은 코카 잎에서 알칼로이드 성분을 추출해 중독성이 있고, 추출하지 않은 코카 잎은 중독성이 없어 고산병과 두통에 복용하거나 차로 즐겨 마시고 있었다.

쿠스코 아르마스 광장은 물론 점심을 먹는 식당에도 잉카 전통복장의 밴드가 잉카 선율로 연주와 노래를 선사하니 잉카의 심장에 들어온 기분이 들었다.

쿠스코 주변 유적인 태양의 신전 '코리칸차', '산토도밍고 교회', '코스코 대성당', '아툰루미욕', '12각 돌', 제례장 '켄코', 돌 요새인 '삭사이우아만', 붉은 요새 '푸카푸카라', 성스런 샘 '탐보마차이', 원형농경지 '모레이' 등을 보니 철제도구를 사용하지 않고 석조물을 건축한 잉카인들의 뛰어난 기술에 놀라울 뿐이다.

탐보마차이(3765m)로 오르는 언덕길은 비가 내리고 바람이 불어 춥고 스산한데, 잉카 여인과 아이가 비를 맞으며 라마 옆 풀밭에 앉아 사진 모델을 구걸하는 모습이 초라하고 안쓰러웠다.

비바람이 쳐서 춥기도 하고 서서히 고산증이 나타나는지 뒷목이 뻐근하고 두통이 몰려오기 시작했다. 유적지를 관람하면서 빠른 걸음으로 뛰어다니며 일행들의 사진을 찍어 준 것이 화근이었다. 사진으로만 보던 성스런 샘물로 잉카 왕들이 손과 얼굴을 씻고 반대편 '푸카푸카라' 제단에서 종교의식을 가졌다기에 나도 '성스러운 물'로 손을 세 번 씻고 얼굴을 닦고 물을 마시고 제단에

올라 절을 하며 소원을 빌었다.

'성스런 샘물'은 안데스 산군에서 흘러나오는데 정확한 수원은 모른다. 4층에는 사다리꼴 벽감이 4개 있고, 3층 기단에서 2층 기단으로 한줄기 폭포가 떨어져 흐르고, 지상 1층으로 두 줄기 폭포가 떨어져 내리는 그 모양과 구조가 아름답다. 내가 이걸 보다니 꿈인지 생시인지 분간하지 못할 정도이다.

'마추픽추'를 가기 위해 '탐보마차이'에서 '우루밤바(Urubamba, 2871m)'까지 약 50km를 버스로 이동하고, 우르밤바에서 1박 후 새벽에 '오얀따이땀보(Ollantaytambo, 2792m)'까지 약 20km를 이동해 기차를 타야 하는데 머리는 계속 띵했다.

고산병 약이 남미에서 왜 필요한지 알았다. 가이드는 남반구가 북반구보다 더 빨리 온다고 한다.

일행들은 고산병 약을 며칠 전부터 먹고 있었는데도 고산병 증세가 나타났다며, 나에게 약을 줄 테니 먹으라고 했으나 난 두통약만 먹고 사양했다.

자연의 섭리에 따라 보고 나의 한계가 어디까지 버티는지 알고 싶었다.

머리가 띵한 고산병 증세는 고도를 낮추는 수밖에 없는데 '우르밤바'로 800m 이상 내려가니 증세는 없어졌다.

신성한 계곡(Sacred Vally)을 흐르는 '우루밤바강(Urubamba River, 캐추아어 '신성한 강(Willkamayu)'은 아마존강에서 배로 이동할 수 있는 최상류로 쿠스코와 푸노(Puno, 3827m)시 지역을 나누는 '라 라야(La Raya, 4338m)'고개 '쿠누라나(Khunrana)' 사면에서 발원, 북북서 쪽으로 724km로 흘러 탐보(Tambo) 강과 합류하여 우카얄리(Ucayali)강이 된다. 라라야 고개 남쪽은 '아야비리(Ayaviri) 강'으로 라미스(Ramis) 강과 합류하여 '티티카카(Titicaca, 3,810m) 호수'로 흘러 들어간다.

우루밤바(캐추아어로 '거마들이 사는 편평한 땅') 강은 쿠스코에서 우루밤바로 가는 길 좌측인 쿠스코 서북서쪽 안데스 빌카밤바산맥의 모욕(Moyoc, 5175m) 산, 화야나이(Huayanay, 5464m) 산, 살칸타이(Salcantay, 6271m) 산, 팔케이(Palcay, 5,422m) 산, 후아만타이(Huamantay, 5473m, 호수) 산과 우루밤바가는 길 우측으로 쿠스코 북서쪽 안데스 우루밤바산맥의 사후아시라이(Sahuasiray, 5818m) 산, 치콘(Chicon, 5530m, 우루밤바) 산, 푸마후카(Pumahuanca, 5318m, 호수) 산, 할랑코마(Halancoma, 5367m, 오얀따이땀보) 산, 베로니카(Veronica, 5893m, 우루밤바 서쪽) 산 사이 신성한 계곡에 있다

버스는 낭떠러지 구불구불한 고갯길과 좁은 길을 덜컹덜컹 달리고 우루밤바 강은 흙탕물이 되어 세차게 흘러가고 있다. 협곡 사이로 잉카 전통가옥과 옥수수, 감자밭이 이어지고 나는 차창에 기대어 무심히 밖을 보며 어딘지 모르는 길을 가고 있다.

도로 옆 절벽 122m에 스카이롯지(Skylodge Adventure Suites, 호텔 3개, 식당 1개) 캡슐 호텔이 대롱대롱 매달려 있는 것을 보니 우루밤바에 가까워지고 있다.

점점 날은 저물어 어둡고 비는 주룩주룩 내리고 이러다 내일 '마추픽추'행 기차가 출발하지 못할까 걱정이 되었다.

그러지 않아도 몇 일간 비가 많이 내려 철도가 유실되고 위험해 기차가 운행되지 않아 마추픽추 여행이 중단되었다는데 여기까지 와서 못 간단 말인가? 우

루밤바에 밤늦게 도착하여 저녁을 먹고 호텔에서 잠을 청하는데 춥고 영 잠이 오질 않았다.

　가져간 컵라면에 누룽지를 끓여 먹고(전 일정을 독방으로, 전기 포트와 장판을 가져갔는데 탁월한 선택이었다) 전기장판을 깔고 몸을 녹이며 뒤척이다 잠이 들었다. 새벽에 일어나보니 비는 그치고 날씨는 개었다. 이 정도면 가능한데 기차가 갈까? 간절한 마음이었다.

　'우루밤바'에서 일찍 '오얀따이땀보'로 향했다. 현지 가이드가 기차역으로 전화를 하더니 기차가 출발하는데 언제 갈지 모른단다. 그래도 가기만 한다면 됐다 싶었다.

　오얀타이탐보에서 잉카 전통가옥과 유적지를 구경하고 기차역으로 걸어갔다. 사진에서만 보던 감청색 잉카 레일이 있었고 기차가 출발한다는 말에 여행객들은 역으로 몰려들어 기다리고 있었다.

　역으로 들어가 기찻길에서 대기하며 페루 레일과 잉카 레일 기차, 우루밤바 강, 역 주변을 배경으로 신기한 듯 사진을 찍고 철길 레일을 밟아봤다. 이 길 끝에 마추픽추가 있겠지? 아이처럼 마냥 들떠 있는 내가 신기했다. 내가 탈 7시 5분 기차는 지연되어 9시쯤 출발하였다.

　내가 탑승한 기차 내부는 여태까지 타본 많은 국내외 기차 중 가장 호화롭고 고급이었다. 그래 이 정도는 타고 가야지, 마추픽추로 가는데….

　'마추픽추' 행 기차는 PERU RAIL(Blue Train, 3종류, 쿠스코 포로이, 우루밤바, 오얀따이땀보, 아구아스 칼리엔테스 정차)과 INCA RAIL(Gray Trail, 4종류, 2007년 운영 시작, 오얀따이땀보, 아구아스 칼리엔테스 왕복)이 있는데 나는 페루 레일 고급열차인 'HIRAM BINGHAM'(3면 유리, 식음료 제공)을 타고 종착역인 마추픽주 입구 마을 '아구아스 칼리엔테스〔Aguas Calientes, 2050m, 케추아어로 온천, 1901년 쿠스코 철도(1931년 준공) 건설시 형성된 마을〕' 역까지 47km 협궤구간을 1시간 30분 정도 타고 갔다.

　가는 도중에 우루밤바 강 건너 잉카트레일(Inca Trail) 출발점인 피스카추쵸

(Piscacucho, 2709m, Cusco에서 82km)에 배낭을 멘 트레일러 몇 명이 보였다. 클래식 잉카 트레일은 3박4일에 걸쳐 2380~4200m 사이를 오르내리면서 유적지와 풍경을 보고 마지막 날 마추픽추 인티푼쿠(Intipunku, Sun Gate, 2650m)까지 약 45km를 가는 길로 쿠스코에서 82km 떨어졌다고 하여 'KM82'(KM68, KM88)라고 부르고 '태양의 문'으로 들어가 마추픽추 유적지로 간다.

또 다른 '살칸타이 트레일(Salcantay Trail)'은 쿠스코 몰레파타(Mollepata, 3370m)에서 마추픽추까지 4박 5일간 안데스서 가장 아름다운 설산 살칸타이 주변을 따라 급경사와 살칸타이 패스(4620m)를 지나는 트레킹 코스이다.

천천히 가는 기차는 어느덧 '아구아스 칼리엔테스' 역에 도착했다. 며칠간 비로 인해 역 앞 우루밤바 강 황토물이 어찌나 세차게 폭포수처럼 쏟아내는지 옆사람 소리도 들리지 않고, 역내는 기차가 오기만을 손꼽아 기다리던 여행객들은 박수와 환성을 치면서 기차를 맞이했다.

역을 나와 'Hatuchay Inn Restaurant'에서 점심을 먹고 '마추픽추' 행 버스에 탑승했다. 버스표(왕복 티켓 $48)는 비행기 E-Ticket 같고 A4용지 한 장에 인쇄되어 있었다.

　버스는 우루밤바강을 왼쪽으로 두고 달리다가 약 18분 후 다리를 건너 마추
픽추를 향해 약 20분간 '하이럼 빙엄' 비포장길을 지그재그로 13번 돌아 덜컹거
리고 먼지를 날리며 올라갔는데 좌우로 회전할 때마다 유적지가 보였다 안 보였
다 했다. 버스가 마지막 8번 주차장에 도착하자 가슴이 두근거리기 시작했다.

　눈앞에 입구가 보이고 '마추픽추' 정면 봉우리인 '와이나픽추(Wayna Picchu,
2,682m, 젊은 봉우리)'가 보이기 시작했다. 구름이 고봉들 위로 올라가 병풍처럼
에워싼 산에 걸쳐있고 파란 하늘도 보여줘 선명하게 유적지가 눈에 들어왔다.

　'마추픽추' 유적지는(1983년 유네스코 세계복합문화유산, 2007년 세계 7대 불가사
의, 2,437m) 뒤편 마추픽추(Machu Picchu, 3,082m, 늙은 봉우리) 산, 정면 '와이나
픽추(Wayna Picchu 또는 Huayna Picchu, 2,693m, 젊은 봉우리) 산, '후추픽추 (Huchuy
Picchu, 2,497m)' 산 사이 능선에 있는데 '푸마', '콘도르' 모양의 잉카 도시(1,450
년경 잉카제국 파차쿠티 황제가 건립 추정, 인구 750여명, 약 32,500ha, 건물 약 200호)
로 크게 8개 구역으로 나누어져 있으며 동쪽 사면 1/3과 서쪽 사면 일부가 계
단식 농경지(감자, 옥수수, 고기 등 재배)이다. 우루밤바강 건너는 '푸투크시픽
추'(Phutuqkusi Picchu, 2,650m)산이 호위하고 있다.

　성채 상부에 묘지와 제단, 상하부 사면에 계단식 농경지와 창고, 중앙에 중

앙광장, 좌측(서쪽) 위쪽에 신전과 사원, 궁전, 천문시설, 우측(동쪽) 아래에 제조공장, 시장, 기술자 및 평민거주시설, 감옥 등을 배치한 계획도시로 산 아래 도시가 보이지 않아 '공중도시'라고 부른다.

마추픽추 안내소에서 입장하면 좌측벽면에 유네스코 등록과 'HIRAM BINGHAM'을 기리는 동판이 붙여져 있다.

입구 길을 따라 올라가니 석조 건축물, 계단식 밭과 와이나픽추가 한눈에 훅 하고 나타났다. 산 능선에 쫙 펼쳐진 마추픽추 공중정원이다. 규모가 생각했던 것보다 크고 웅장해서 놀랐다. 전경을 보기 위해 성채 좌측 농경지 계단밭(단 높이 3m의 40단, 약 3,000여개 계단으로 연결됨, 밭 면적 4.9ha) 상단 '파수꾼 전망대(Guard House, 태양의 문으로 들어오는 사람 감시초소)'까지 숨을 깔딱거리며 올라가니 '라마' 한 마리가 떡하니 버티고 있고 사진에서 보던 '마추픽추'가 '와이나픽추'를 마주 보고 나타났다. 숨이 멈추는 듯 전율이 왔다. View Point였고 방문객들이 사진을 찍고 있었다. 나도 마추픽추 인생 기념사진과 동영상을 찍고 이리저리 돌아다니면서 유적지를 바라보고 연실 사진을 찍었다. 사방을 둘러싼 안데스의 고봉들이 마추픽추를 내려보고 있었다.

이 얼마나 감격스러운 현장인가? 내가 여기에 와 있다니!

'파수꾼의 집'은 한쪽 벽면이 개방된 건물이었다. 전망대 위 넓은 테라스(Terrace)에는 '공동묘지(Cemetery)가 있고 그 아래 계단식 밭 중앙에 '장례용 바위'(Funerary Rock, 3개 계단이 있고 상부는 평편한 제례석)가 있는데 발굴 때 이곳 주변에서 187구의 인골(108구가 여성, 79 사제와 아이)이 나와 인신 공양이 있었다고 추정하고 있다. 잉카인들이 숫자 3을 좋아해서 3단 계단 및 3개 창문을 만들었다고 한다.

계단식 테라스에는 곡식 저장 창고인 '꼴까(Colca)가 있는데 바닥에는 환기구를 만들어 습도를 조절하여 부패를 방지하고 감자, 옥수수 등을 저장할 때 겹겹이 허브를 깔아 6년 이상을 보관했다고 한다.

파수꾼 전망대에서 좌측 사면 길로 올라가면 잉카트레일과 연결되는 '인티푼쿠(Intipunku, Sun Gate, 태양신이 들어오는 문)'이 나오고 마추픽추 등산로가 나온다.

파수꾼의 전망대에서 서쪽 잉카 다리(Inca Bridge)로 가면 계단식 밭과 절벽 아래 우루밤바강이 유유히 흐르고 또 다른 모습이 마추피추 전경이 보인다. 잉카다리에서 아래로 내려가면 '노시 문(City Gate)' 동과하여 성재로 들어가는데 '도시의 문'은 마름모꼴 돌문으로 양쪽에 돌쩌귀가 있고 나무 대문을 달았다고 한다. 공중도시로 들어오면 채석장이 나오는데 '채석장(La Pedrea)'에는 돌을 절단하고 연마한 흔적이 남아 있다. 잉카인들은 자연석 기반석 위에 돌을 쌓아 올려 건축물과 수로를 축조하였다. 가장 큰 돌은 높이 8.53m, 361톤이라고 한다.

채석장 아래 동쪽 중앙 상단에 '공주의 궁전(Nusta's Bedroom 또는 Palaceb of Princess)'이 있는데 유일한 2층 구조이며 정교하게 석벽을 쌓아 올린 건축물로 왕실에서 사용했을 것으로 추정하고 있고 아름다웠다.

'공주의 궁전' 옆에 잉카의 신 '안티(Inti)'를 모시는 '태양의 신전(The Temple of the Sun)'이 있데 자연석 위에 입구가 개방된 말발굽 모양('또레온 신전'(Torreon)이라고도 함)의 거대한 석조물로 상부는 '신전', 하부는 '왕묘(Royal Tomb)'로 만들어 놓았는데 규모가 크고 웅장했다.

'태양의 신전'에는 두 개의 창문이 있는데 하지(6월 21일)와 동지(12월 21일)에 태양이 '태양의 문'에 떠올라 빛이 정방향으로 들어오게 설계하여 창문에 비치는 햇빛 방향으로 절기를 알았다고 한다.

태양의 신전 옆에는 '대사제의 집', '분수(샘물)' 옆에는 '우물 관리 집'이 있다.

'의례 분수(Ritual Fountains, 샘물)'는 태양의 신전과 왕궁 사이에 가 있는데 계단식 수로로 낙차를 이용해 폭포처럼 만들어 놓고 제식과 의식 때 목욕을 하였다고 한다. 식수는 약 0.5마일 떨어진 마추픽추 산샘에서 3도 경사 수로를 만들어 분당 23~114l의 신성한 샘물을 가져왔는데 황제가 처음 사용하고 그 물을 16개의 다른 분수로 흘려보내고 도시 전체 130여개 이상의 배수로로 보내 농업용 테라스에 용수로 사용했다고 한다. 공중도시 농경지와 주거지 등에 관개수로를 만들어 마르지 않는 물을 공급한 기술력이 놀랍다. 도대체 이런 도시 설계를 어떻게 했을까? 로마의 지상, 지하 수로보다 훨씬 정교하고 예술적이다.

'왕궁(The Royal Palace)'은 우아한 건축물로 3개의 벽과 가파른 경사 지붕으로 된 작은 방 두 개가 있는데 중앙에 안뜰이 있고 화장실, 목욕탕 등이 있다.

안뜰 바닥에는 '물의 거울(Espejos de Agua)'이 있는데 땅에 묻힌 자연석 화강암 노두에 2개의 원형 수반이 조각되어 있다. 전체 관측 거울(하나는 태양, 하나는 달을 보는 용도로 위치가 바뀌는 물에 비친 해와 달을 보면서 수확 시기 결정) 이라고도 하고 여인들이 수반에 고인 물의 반영을 이용하여 화장과 치장을 하였다는 설도 있고 모르타르와 유사하여 '모르타르 방'이라고도 한다. 달빛 아래 물의 반영에 아름다운 옷매무새를 만지며 치장하고 있을 잉카 여인들은 얼마나 아름다웠을까?

현대인들의 집에 이런 것을 설치하면 예술일 것 같고 소품이라도 만들어 거실에 비치하고 싶다. 발상도 특이하고 예술성은 물론 시공간을 초월한 미적 감각이 대단하다.

중앙광장 서쪽에 '3개의 창문이 있는 신전(Temple of the Three Windows)'이 있는데 창문 3개는 천국(Hanan-Pacha, 하늘, 태양(신), 콘돌), 지상(Kay-Pacha, 현재, 현생, 푸마), 지하(Uku-Pacha, 지옥, 죽음, 뱀)을 상징하고 이곳에서 잉카 초대 황제인 '망코 카팍(Manqu Qhapaq, 신화에서는 태양신 '인티'와 달의 여신 '마마킬라' 사이에서 출생)'이 태어났다고 한다.

잉카 전설에 의하면 잉카문명은 3명의 '아야르(Ayar)' 형제들에 의하여 시작하였는데 3형제가 출현한 성지를 '땅뿌똑또(Tamputooto, The Hill of Three Windows)이라 하는데 그 전설을 재현한 신전이라고도 한다.

3개의 창문으로 '우루밤바 강'과 마추픽추 건너편 '투크시픽추', 안데스산맥 설산과 고봉들을 보고 있는데 태양신이 나의 성채 입성을 환영하는지 우루밤바강 위 안데스 중턱에 무지개가 피었다. 이 무슨 조화인가? 마추픽추에서 무지개를 만나다니 가슴이 벅차고 뭉클하다.

성채 입성도 감사한데 간절한 소망이 하늘에 닿아 나에게 선물을 주시나 보다.

'이과수 폭포'에서 온 세상 무지개를 다 봤다고 생각했는데 마추픽추 무지개는 또 다른 감동을 주었다. ㄱ 이후 샌디애고, 크로아티아, 일본 남알프스와 후지산, 몽골, 설악산 공룡능선 등지에서 무지개를 만나는 행운이 왔다. 안데스의 정령이 나에게 무지개를 주신 것이 분명하다.

'3개의 창문이 있는 신전' 안 앞에 '잉카의 십자가'라는 석조물 돌이 있는데

‘챠카나(Chakana, 안데스 또는 잉카의 십자가, 가운데 원형 구멍이 있고 12개 모서리를 한 십자가로 모서리 하나하나는 다양한 에너지를 낸다 함)’라 부르고 ‘챠카나’를 반으로 자른 형태로 태양의 이동에 따라 그림자가 지면 완벽한 ‘챠카나’ 십자가 모양이 생긴다. 방문객들은 에너지를 받기 위해 돌을 만지거나 이마에 대고 기도한다. 어떻게 이런 생각을 하고 석조물을 만들었을까?

‘3개의 창문이 있는 신전’ 옆에 ‘주 신전(The Main Temple)’이 있다. 상단 일부가 기울어져 있고 중앙에 커다란 직사각형 제례용 석물(길이 11m, 넓이 8m, 8톤)이 있는데, 제물(인신공양 포함)을 놓고 태양이나 천체 관련 의식(희생제)을 하였다고 한다.

주 신전 왼쪽 문설주는 자연석 32면체로 엄청나게 큰 바위여서 위압감을 느끼게 했다. 주 신전 앞 공터의 4각 사형 ‘나침판’은 정확히 동서남북을 가리키고 있다. 여기서 보면 ‘태양의 문’으로 태양이 떠오르는 것을 정확히 볼 수 있다고 한다.

돌의 4변형 경사진 4각 꼭짓점이 남십자성과 연결되어 별자리 천체관측 도구로 추정되는데 꼭짓점과 ‘인티타나(해시계)’, ‘마추픽추’와 일직선으로 연결되어 있다. 핸드폰을 꺼내 동서남북을 맞춰 보니 방향이 일치하는 데 놀랍고 신기했다.

'신성한 광장(The Sacred Plaza)'에는 동쪽 '3개 창문이 있는 신전', 서쪽 '달의 신전', 남쪽 '대사제의 집', 북쪽 '주 신전'이 있다. 다만 '신성한 광장'의 이름이나 활용에 대한 증거는 없다고 한다.

'달의 신전'이라 불리는 원형 테라스는 태양이 지는 서쪽 방향 절벽 위에 있다. 이 건물은 동, 남, 북 방향은 막고 서쪽으로만 개방되어 있다. 밤에 달·별과 관계된 종교의식을 치르기 위해 서쪽 하늘을 관찰하는 데 사용했을 거로 추정하고 있다.

'주 신전' 왼쪽 뒤편 약 78개 계단을 따라 숨을 헐떡이면서 오르면 유적지의 가장 높은 자리에 '인티와타나(Intihuatana, 해시계, 자연석을 깎아 만듦, 올라가는 3단 계단 있음, 케추아어로 태양을 끌어드리는 자리)'가 있다. '인티와타나' 4면이 동서남북과 일치하고 4방향의 산을 배경으로 정중앙에 자리 잡고 있다.

'인티와타나'는 높이 1.8m 천연 화강암을 상부로 올리면서 1~3단을 일부씩 잘라내고, 상부를 평탄하게 만들어 중앙에 36cm 돌기둥을 만들었다. 이는 암석이 에너지를 발산한다고 하여 그를 느끼기 위해 손바닥을 대는데 못 만지도록 안전 줄을 쳐놓았다. 너무나 신기하고 놀라워 두 손 모아 '태양신'에게 기도했다.

잉카인들은 "태양이 북쪽 주 의자와 남쪽 보조 의자 2개를 갖고 있는데, 태양이 남쪽에 자리 잡는 하지(6월 21일)에 한 해를 시작하고 '인티와타나'에 이마를 대면 영혼의 세계로 들어가는 문이 열린다"고 믿었다. 태양의 길이가 가장 짧은 동지에 신관이 태양을 붙잡아 뮤어 두었던 돌기둥은 해시계 역할을 하였다. 동시에 태양을 정확히 가리키도록 배열되어 있고, 11월 11일과 1월 30일 한낮에 태양이 기둥 위에 떠오르므로 주변에 그림자가 생기지 않는다고 한다.

　　반면 하지인 6월 21일에는 돌기둥 남쪽으로 가장 긴 그림자를, 12월 21일에는 가장 짧은 그림자를 드리운다고 한다.

　　중앙광장(The Main Square)은 공중도시 중앙에 남북으로 크고 길게 늘어져 있다. 길이 500m, 폭 200m로 왼쪽(서쪽)은 사원과 귀족 주거지(Las Tres Portadas, 3개 문이 달려 있음)가 있다. 평민, 산업시설, 공장, 기술자 거주지, 감옥 등 172채의 건물이 있는 오른쪽(남쪽)은 집회, 휴식, 행사, 체육활동, 놀이 등 다방면으로 사용되었다고 한다.

　　중앙광장 동남쪽은 공장 시설, 산업구역, 창고, 감옥 등의 구역이다. 북쪽 와이나 픽추 입구 방향에 있는 '신성한 바위(The Sacred Rock, 너비 7.6m, 높이 3m, 화강암 통바위)'는 마추픽추 성채가 만들어지기 이전부터 있었다. 이는 바위 뒤쪽으로 보이는 '아푸 야난틴(Apu Yanantin)' 산 모양(또는 푸마 모양)을 만들어 놓은 것으로 잉카인들이 숭배하는 산의 정령인 '아푸스(Apu, 산신, 남신)'가 깃들어 있다고 한다. 실제로 바위 앞 중앙에서 바위 뒤편 산을 보면 푸마 형상을 한 축소판이다.

　　제단에는 코카 잎, 동물 태아, 라마 희생과 같은 정교한 조각들이 새겨져 있고 바위에 손을 대면 산의 에너지를 받는다고 한다. 성스러운 바위는 하늘과 땅을 연결하는 문과 같은 존재이다.

　신성한 바위 양쪽 와이나 픽추 입구에 '와이라나스(Wayranas)'라는 똑같은 집 두 채가 있다. 개방된 앞쪽 벽은 사제들이 종교의식 준비나 휴식처로 사용했다고 한다.

　나침판, 해시계, 신성한 바위, 콘도르 사원에서 돌을 만지고 소원을 빌었는지는 밝힐 수 없지만 나는 '마추픽추'를 다녀온 후 제단, 사원, 성지에 가면 기도하는 습관이 생겼다.

　그중에서 제일 생각나는 게 멕시코 칸쿤 '치첸이트사(Chichen-Itza)' 마야 유적지 '엘 카스티요(El Castillo, 높이 30m, 9층 계단식 피

라미드, 각 면당 91개 계단 × 4면 = 총 364계단 + 정상 1단 = 365일, 상부 1단 쿠쿨칸 신전 9m)'와 멕시코시티 북동쪽 40km에 있는 '테오티우아칸(Teotihuuacan, 신의 탄생지, 기원전 2C 도시건설, 해발 2200m)' 유적지, '태양의 피라미드(A.D 200년경 건설 추정, 가로 225m, 세로 222m, 높이 75m 현재 65.5m, 248계단, 인신공양 및 종교의식, 세계 3위 거대 피라미드)', '달의 피라미드(AD 100년경 건설 추정, 길이 126m, 높이 46m, 테오티우칸 여신에게 봉헌한 신전, 인신공양 및 희생자 묘지로 사용)'에서 절하고 소원을 빌었던 기억이다. 그 이후 이상하게 산이나 강, 바위, 나무, 사원, 신전 등을 대하면 경건하게 되는 일들이 생겨났다.

　신성한 바위 뒤쪽으로 '와이나 픽추'와 '후추 픽추' 입구가 나오는데 여권과 입장권 검사를 하고 방문자 등록부에 국적, 이름, 나이, 성별, 입산 시간을 기록하면 입장권에 입장 순번을 기록하고 하산 때 기록 순번의 자기 이름을 찾아 하산 시간을 기록해야 한다.

　'와이나 픽추(2693m)'는 마추픽추 정면의 고깔 모양의 산으로 정상은 입구에

서 약 2시간 정도 가파른 길을 올라야 한다. 계단과 테라스 밭, 창고, 유적지가 있는 이곳은 정상을 오르면서 마추픽추 전경을 내려다볼 수 있다.

'달의 신전(Temple de La Luna, 2266m)'은 와이나픽추 입구(2440m)에서 우측으로 돌아 가파른 길을 약 1시간 걸어 내려가면 '위대한 동굴(Gran Cavern, 2271m)' 아래 약 150m 더 내려가면 동굴 앞에 '달의 신전' 표지판이 세워져 있다. 신전 안에는 5개 벽감과 부조장식, 바위를 파서 만든 옥좌가 있다. 신전 크기는 큰 동굴보다 소규모이다.

달의 신전에서 와이나 픽추 통제소 가는 길은 왼쪽 와이나 픽추 산과 오른쪽 우르밤바 강을 보면서 좁고 가파른 절벽 길을 따라 올라와야 한다.

'후추 픽추(2497m)'는 통제소에서 입장하여 갈림길에서 왼쪽으로 가는데 산이 낮아 약 45분 소요된다. 여기서도 마추픽추를 전망할 수 있는데 많이 오르지는 않는 것 같다.

'후추 픽추'에서 '와이나 픽추'로 연결되는 능선 라인은 멀리서 보면 잉카인의 얼굴 곡선을 닮았다 하여 '잉카 얼굴(Inca Face)'이라고도 한다. '와이나 픽추' 산 정면 모습은 '푸마'의 형상, 좌측 3개 봉우리는 '콘도르'가 비상하는 형상을 하고 있다.

잉카인들은 와이나 픽추 산(산 정령)과 마추픽추 콘도르가 지상과 천상을 연결한다고 믿고 성채를 건설하였다고 한다.

마추픽추 성채 모습은 푸마, 콘도르 형상이다. 전체 모습을 상하, 좌우로 뒤집으면 콘도르가 하늘에서 지상으로 내려오는 형상이다.

'콘도르 신전(Temple of Condor)'은 태양의 신전, 왕릉 앞 중앙광장 아래 큰 나무 한 그루(Pisonay Tree)가 서 있는 '피소네 광장' 아래 동쪽 유적지 끝에 별도 유적지처럼 독립된 공간에 있다.

신성한 바위에서 '공장', '산업구역', '태양의 동굴(Inti Machay)' 등을 보면서 '미끄럼 바위(Slide Rock)'를 지나 계단을 내려오니 거대한 신전이 우뚝 나타났다. 사진을 연신 찍어대고 사람들이 내려간 다음 나는 계단에 서서 한참 동안 신전과 마추픽추 산 아래 펼쳐진 유적지를 바라보았다.

'콘도르 신전'을 영접하는 순간 온몸에 전율이 왔다. 이 얼마나 보고 싶었으며 알려고 했던 수수께끼 같은 곳인가! 드디어 '콘도르'를 만난다. 한 발짝 한 발짝 다가갈수록 크고 웅대한 것이 놀라웠다.

'콘도르 신전'은 3층 구조로 2층은 좌· 우 거대한 자연석에 콘도르 날개 모양을 하고 있다. 그 위에 쌓은 석축은 감옥으로 추정되는 벽감이 있고 신전 뒤에는 감옥이 있다. 감옥에는 돌 의자가 있는데, 죄수한테 무릎을 꿇려 앉히고 두 팔을 벌려 돌구멍에 손을 넣고 고리를 채워 포박시켰다고 한다.

1층 지상 바닥 화강암에는 삼각형 모양의 수컷 독수리 머리와 목, 주둥이(부리)를 조각하고 부리 주변에 물이 흐르도록 음각해 놓았다. 이는 제단의 중심으로 제물을 올리고 종교의식을 행한 곳이다. 삼각형 제단에 사람의 심장을 제물로 비쳤다는 설이 있다.

양쪽 날개 바위 아래에 있는 한 사람이 들어갈 정도의 틈새 동굴 지하 감옥은 죄수가(게으름, 강간, 절도범 등) 족쇄를 차고 3일간 갇혀 재판을 기다렸다고 한다.

콘도르 신전은 천상(천국, 콘도르), 지상(현실, 푸마), 지하(지옥, 뱀)의 3차원 공간이 공존하는 곳이다.

콘도르 신전에서 절을 하고 간절한 기도를 드렸다. 이제야 잉카인들이 콘도르를 왜 숭배하는지 어렴풋이 가슴에 와 닿았다. 이어폰을 끼고 '엘콘도파샤(EL Condor Pasa)'를 들으니 갑자기 울컥해진다. 여기에 내가 서 있다니 감개무량하다.

지붕이 없는 건축물이 많은 보존지구와 콘도르 신전을 내려와 도시 내외곽을 구분하는 마른 해자를 지나 계단식 밭과 '창고(Colca)' 유적지를 뒤돌아보면서 출구로 걸어 나왔다.

'아! 이제 다시는 올 수 없는 곳이다.'

나는 출구를 나오면서 마추픽추 스탬프를 여권 마지막 장과 버스표에 과감

히 꾹 눌러 찍었다(여권이 훼손되고 공항 입출국시 문제가 될 수 있어 여권에는 찍으면 안 됨).

출구를 나와 기념품 가게에서 영원히 함께할 마추픽추가 새겨진 고리를 구매했다. 지금도 등산배낭에 달려 있는데 산행 때 든든한 파수꾼이 되어 나를 지켜주고 있다.

뿌듯한 마음과 홀가분한 기분으로 버스를 타고 '아구아스 칼리엔테스' 마을로 돌아와 점심을 먹었던 식당에서 잉카식 요리(닭고기, 감자, 당근, 브로콜리)와 잉카 맥주를 한잔하고 오후 7시 기차를 타기 위해 역으로 왔다. 열차는 와 있지 않고 언제 올지 모른단다. 역 주변 기념품 상점을 이리저리 구경하다가 한 상점에서 알파카 목도리 3개와 기념품을 구매하니 여주인은 할인도 해주고 같이 사진을 찍어 주었다.

기차가 언제 올지 모르니까 역 주변에는 앉고 누운 진풍경의 대기 행렬이 벌어졌다.

나는 내일 오전에 '쿠스코'에서 '리마'로 가서 모레 쿠바 '아바나'로 가야 해서 무조건 기차를 타야만 한다. 기차가 안 오면 큰일이었다. 마추픽추에서 무지개를 봤으니 올 거라고 굳게 믿었다. 다행히 '하이럼 빙엄' 페루 레일이 오후 11시에 역으로 진입하여 11시 15분에 탑승하였다.

칠흑 같은 캄캄한 우르밤바 강을 따라 느릿느릿 달려 '오얀따이땀보'에 도착하여 버스로 갈아타고 쿠스코에 도착하니 아침이었다. 투숙 중이던 호텔에 들러 간단히 샤워하고 옷만 갈아입고 10시 30분 비행기를 타고 리마로 향했다. 비행기가 이륙하면서 쿠스코를 내려다보니 꿈만 같은 시간이었고 너무나 정겨운 모습이었다.

나는 이어폰을 끼고 '엘콘도파샤'를 들으면서 콘도르처럼 안데스 상공을 날아가고 있었다.

2023년 8월 현재 '마추픽추' 입장 인원은 1일 2244명(실제 2500명 입장시킴. 오전 6시, 7시, 8시, 9시, 10시, 11시, 오후 12시, 1시, 2시)이고 방문 시간은 4시간이다. 4종류의 성채 회로(Circuit 1, 2, 3, 4) 입장권은 구역별 방문지와 시간을 제한하고 있다. 별도 VIP 입장권은 오전 6시부터 오후 2시까지 언제든지 입장이 가능하고 성채 하단부인 Circuit 3만 관람할 수 있다.

마추픽추 '태양의 사원'은 오후 1~4시, '콘도르 사원'은 오전 10시부터 오후 1시까지만 개방하고 마추픽추 입장권은 최소 3개월 전에 예약하는 것이 좋다.

'마추픽추 산' 입장은 1일 400명(7시 200명, 8시 200명)이며 별도의 입장권을 구매해야 한다.

'와이나 픽추' 입장 인원은 1일 200명(7시 50명, 8시 50명, 9시 50명, 10시 50명, 12세 이하 입상 불과)이며 방문 시간은 4시간으로 별도의 입장권을 구매해야 한다.

'후추 픽추' 입장 인원은 제한은 없는데 마추픽추와 입장 시간은 같고 별도 입장권을 구매해야 한다.

페루 정부는 2020년부터 마추픽추 유적지 보존을 위해 유적지 주변 350㎢에 100만 구루 나무 심기 운동을 전개하고 있다. 유적지 개방과 입장 인원을 수시로 변경하며, 현지의 일기 사정에 따라 유동적이라서 사전에 확인하는 것이 좋다.

눈은 손·발보다 게으르다

황순구(39회)

무게가 있는 두 물건 사이에는 서로 당기는 힘(인력)이 작동하는데, 아마 고향이란 놈에게도 무게가 있는 모양이다. 사람을 끌어당기니 말이다.

남대천이나 왕피천에서 태어난 연어가 바다로 나가 태평양을 휘돌다가도 꼭 다시 고향에 돌아와 알을 낳는 것을 보면 "고향에도 무게가 있을 것"이란 나의 신박한 가설은 구라가 아닐 가능성이 높다^^.

달이 져도 하늘을 떠난 게 아닌 것처럼, 몸은 도시에 있어도 마음은 고향을 못 벗어난다. 특히 유년의 몇몇 기억은 지금도 플레이 버튼(▶)만 누르면 '화면 깨짐' 거의 없이 기억 속에서 몇 번이고 재생시킬 수 있을 듯하다. 그중 하나가 "눈은 손보다 게으르다"는 체험이다.

당시 시골 아이들은 너나없이 늘 입이 궁금했다. 한창 먹을 나이인데다 마땅한 주전부리도 없었다. 그래서인지 유년의 기억은 온통 수렵 채취(?)로 채워져 있다.

논두렁 뒤져 개구리 잡고, 하굣길에 고무신으로 웅덩이를 품어 물고기를 건졌다. 겨울 강가에서 얼음 위로 얼굴을 드러낸 돌을 해머로 내려치면 기절한 물고기들이 떠올랐다. 꿩과 산토끼도 해마다 한두 마리는 잡았고, 처마 밑으로 손을 넣어 새알도 꺼냈다.

머루, 다래, 으름을 찾아다닌 기억 탓인지 "으름은 개천절께 익는다"는 삶의 지혜(?)가, 으름을 따본 지 삼십 년이 넘은 지금도 머릿속에 입력돼 있다. 농부들이 "춘분에 감자씨 넣고 감잎 나면 콩 심고" 등 농사 월력을 꿰는 것처럼, "언제 뭐가 익고 어디 가면 뭐가 있다"는 주전부리 월력 말이다. 같은 또래인 아내에게 말하면 "그 동네는 70년대까지 구석기 수렵 채취 시대였냐?"고 핀잔을 준다.

수렵 채취에서 혁혁한 전과를 올려도 먹을거리는 늘 부족했는데, 그중 예외인 것이 고구마와 올뱅이(다슬기)다. 그때는 집집마다 수숫대로 발을 엮어 방 윗목에 고구마 광을 만들고, 가을에 고구마를 한가득 들여놓곤 했다. 고구마는 겨우내 점심 양식이었다. 늦가을 고구마 광을 들일 때는 "저걸 언제 다 먹지"라고 푸념한다. 그러나 잠깐이다. 처음에는 손으로 꺼낼 수 있지만, 점점 고구마가 줄어들면 썰매 꼬챙이로 고구마를 찍어서 꺼내거나 수숫대 사이를 벌려 꺼내곤 했다.

올뱅이도 마찬가지다. 강에 널린 게 올뱅이라 혼자서도 금세 양동이 반을 채울 수 있었다. 그걸 집에 가져와 된장을 풀어 삶아내면 그때부터 바늘이나 옷핀으로 '한 눕 한 눕' 까야 한다. 도통 줄지 않으니 한숨이 나온다. 그러나 하품 몇 번 하면서 까다 보면 어느새 바닥을 드러내고, 너무 작아서 버릴 눕들만 남는다.

멸치를 한 상자 사서 일일이 똥을 꺼낼 때노 마찬가지나. 일이란 세 눈으로 작업량을 재면 "이걸 언제 다 하지?"라며 아득해 보이지만, 손으로 하다 보면 어느새 끝에 와 있다.

반대로 빈 고구마 광을 보거나, 다 깐 올갱이 껍데기 무덤을 보거나, 한 바가지나 되는 멸치 똥을 보면 "어, 이걸 언제 다했지?"란 생각이 든다. 눈은 확실히 손보다 게을렀다.

　"눈이란 놈이 손은 물론 발보다도 게으르다"는 것은 등산에 입문하고 깨달았다. 주로 고교 친구나 재경충고 산악회를 따라다녔는데, 첩첩 산맥이 눈앞에 나타나면 장엄하다는 생각보다 "저길 언제 가지?"라며 한숨부터 나왔다.

　설악산 끝청에서 바라본 공룡능선이나 용아장성이 그랬고, 한계령 삼거리에서 서북능선을 가늠할 때도 그랬다. 중산리에서 지리산 천황봉에 올라 첩첩이 이어져 있는 구만리 갈 길을 바라보면 다리가 풀렸다.

　그런데 신기한 것이, 그저 걷다 보면 어느새 목적지에 도착해 있다. 다시 고개를 돌려 내가 걸어온 길을 돌아보면 "아니 저걸 언제 다 왔지?"라며 새삼 내 발이 대견해진다. 역시 눈은 발보다 게으르다.

　등산만 그런 게 아니어서, 롯데타워 123층이나 63빌딩을 계단으로 뛰어오르는 수직 마라톤 대회에서 출발 전에 빌딩 꼭대기를 올려다보면 까마득하다.

　"저걸 뛰어 올라간다고? 내가 미쳤지, 이걸 왜 돈 내고 신청했을꼬!!".

　철인 3종 경기에 나가 열심히 수영하다가 고개 들어 남은 거리를 가늠해보면 끝이 안 보인다. 안경 벗고 수경만 썼는데 1km 앞이 보일 리 있나.

　보트 탄 안전요원이 옆에서 "힘내세요. 아직 반도 못 왔어요"라고 한다.

　아니, 그 말 들으면 힘이 나겠냐고요?

　죽을 둥 말 둥 어찌어찌 수영을 마치고(→사진), 이제 남은 사이클과 마라톤을 떠올리면 정말 주저앉고 싶다. 경기장 밖에서 아내가 힘들면 포기하라고 소리친다.

　하지만 나는 본능적으로 직감한다. 내가 여기서 진짜 그만두면 아내는 "끝까지 하지도 못할 거면서. 참가비·숙박비·기름값 들어간 게 얼마야?"라고 두고 두고 잔소리를 쏟아낼 것이다.

남편 짬밥 30년은 거저먹은 게 아니다. 그때부터 남은 거리를 눈으로 가늠하거나, 머리로 계산하지 않는다. 그저 발로 페달을 내리밟고, 쥐가 난 허벅지를 달래가며 마라톤을 뛸 뿐이다. 아니, 아장아장 걸을 뿐이다.

그러다 보면 호호, 드디어 도착이다. 700명 중 꼴찌에서 세 번째다.

단언컨대, "손·발은 눈보다 성실하고, 눈은 손·발보다 게으르다."

요동치는 지구

김진영(28회, 방재관리연구센터 이사장)

2023년 들어 지구가 요동치고 있다.

1월부터 2월 현재까지 대한민국에서는 10회(규모 2.1~3.7)에 걸쳐 지진이 발생했다. 강화군 서쪽 25km 해역에서 발생한 규모 3.7이 가장 크다.

전 지구에서는 지진 규모 5.0 이상이 16회에 걸쳐 발생했다.

- 1월 8일 바누아투 포토올리 서북서쪽 23km 해역에서 규모 7.0
- 1월 10일 인도네시아 암본 남남동쪽 430km 해역에서 규모 7.6
- 1월 12일 동태평양 남쪽 해령에서 규모 6.0
- 1월 15일 일본 오키나와 남서쪽 217km 해역에서 규모 5.3
- 1월 16일 인도네시아 파당시뎀푸안 서북서쪽 158km 해역에서 규모 6.0
- 1월 16일 일본 혼슈 시즈오카 남쪽 687km 해역에서 규모 6.1
- 1월 18일 인도네시아 슬라웨시섬 고론탈로 65km 해역에서 규모 6.1
- 1월 18일 인도네시아 테르나테 북쪽 220km 해역에서 규모 7.2
- 1월 20일 푸에르토리코 카톨리나 동남동쪽 475km 해역에서 규모 6.2
- 1월 21일 아르헨티나 산티아고 델 에스테로 북동쪽 170km 지역에서 규모 6.8
- 1월 26일 뉴질랜드 케미르메틱제도 해역에서 규모 6.0

- 1월 30일 중국 신장자치구 시아현 남남서쪽 133km 지역에서 규모 6.1
- 2월 1일 필리핀 마거그포 북동쪽 46km 지역에서 규모 6.1
- 2월 6일 튀르키예 가지안테프 서북서쪽 37km 지역에서 규모 7.8
- 2월 13일 뉴질랜드 케르메텍 제도 해역에서 규모 6.1

지진의 강도를 나타내는 단위로 규모와 진도가 있다. 규모는 절대적인 개념으로 지진이 방출하는 에너지양을 지진파의 최대 진폭을 측정해 추정한 값이다. 리히터 규모는 국지 규모(local Magnitude)라고 불리며 ML로 표현한다. 진도는 상대적인 수치로 특정 지역에서 흔들림을 말하며 사람이 느끼는 지진의 정도와 건물의 피해 정도를 기준으로 나타낸다.

튀르키예(터키) 지진을 조명해 보자. 사망자만 4만6천여 명(2월 19일 기준)을 넘어섰다. 지구에서 지진의 80% 이상이 환태평양 지진대에서 발생하고 있다. 일명 'RING OF FIRE(불의 고리)'라고 불린다. 최악의 지진을 기록한 규모 9.0 이상이 환태평양 지진대에서 발생했다.

- 1952년 러시아 동부 지진 규모 9.0
- 1960년 칠레 발디비아 지진 규모 9.5
- 1964년 알래스카 지진 규모 9.2
- 2004년 인도네시아 수마트라섬 지진 규모 9.1
- 2011년 일본 동북부 혼슈 앞바다(동일본 대지진) 지진 규모 9.1

튀르키예(터기)는 아나톨리안 단층대에 속해 있다. 아나톨리안 단층대는 진원이 얕아 대형지진일수록 피해 규모가 커진다. 아나톨리안 단층대는 환태평양 지진대와 함께 전 세계적으로 가장 지진이 많은 지역이다. 지중해에서부터 튀르키예, 이란, 히말라야산맥, 미안마를 거처 동쪽으로 인도네시아에 이르기까지 아시아 대륙을 가로지르는 광범위한 지역에 펼쳐진 지진대다.

그중에서도 튀르키예 북동쪽은 '아나톨리안 단층대' 위에 있다. 지각을 구성

하는 12개의 판 중 유라시아판, 아프리카판, 아라비아판, 인도판 등 4개가 만나는 지역이다. 판의 경계에서는 지진이 자주 발생할 수밖에 없는데 이 단층대는 시계 반대 방향으로 매년 약 2.5cm씩 움직이면서 다른 단층대와 충돌해 지진이 발생한다.

이번 튀르키예 지진이 규모 7.8에 비해 피해가 큰 이유가 뭔가를 살펴봤다.

• 지진이 일어난 시각이 새벽 4시 17분, 잠을 자고 있던 많은 사람이 대피할 겨를도 없이 무너진 건물에 그대로 깔릴 수밖에 없었다.

• 규모 7.8 정도의 지진에 견딜 수 있도록 설계·시공이 가능했지만, 대부분 건축물이 내진을 고려하지 않았다.

• 튀르키예의 여타 지역에서는 지진이 발생했으나, 이곳은 200년 이상 큰 지진이나 경고 신호가 없었던 지역이었기 때문에, 튀르키예 국가나 국민이 사전에 전혀 대비하지 못했다.

1999년 8월 17일 튀르키예 서북부 이스탄불에서 100㎞ 떨어진 이즈미트(市)에서 규모 7.6의 지진이 발생하여 1만5천여 명이 숨졌다. 튀르키예 정부는 1999년 지진 강진을 겪고 난 뒤 2004년 모든 신축 건물에 대해 최신 내진 기준을 만족시키도록 의무화하는 법을 만들었다. 그런데도 튀르키예 남부와 시리아에는 내진 건물이 극히 드물어 피해를 가중했다.

한반도 역시 지진으로부터 안전지대가 아니다. 2016년 9월 12일 경주지진(규모 5.8), 2017년 11월 15일 포항지진(규모 5.4) 이후 내진 설계 범위를 확대했지만 기존 건축물 대다수가 여전히 내진 설계가 제대로 이행되지 않는 등 지진에 매우 취약하다. 유사시 대규모 인명 사상 발생 가능성이 있다. 정부 차원의 중·장기 대책을 마련, 시행되어야 한다.

여전한 안전 불감증

김진영(28회, 방재관리연구센터 이사장)

‘무심코 던진 말이 상대방의 마음을 상하게 했다’라는 말이 있듯이 일상에서 무심코 지나치다 대형 사고로 이어지는 경우가 허다하다. 지나치기 쉬운 사례를 중심으로 써본다.

〔스마트폰이 고개 숙여 명령한다.〕

길을 가다 보면 고개와 눈이 스마트폰에 쏠려 지나가는 행인을 흔하게 볼 수 있다. 특히 학교에서 배운 대로 건널목을 건널 때 손을 들거나 전방을 주시하는 행인은 거의 보이지 않는다.

도로교통공단이 2021년 12월에 발표한 ‘OECD 회원국 교통사고 비교 보고서’에 따르면 우리나라 교통사고 사망자 중 보행자 비율은 38.9%로 최하위이며, OECD 회원국 평균 19.3%보다 2배가 높다고 나타났다.

사고 운전자에게 벌칙을 엄하게 하고, 신호체계를 현대화하고, 관련된 교육을 시행하고 있음에도 건널목 보행자 교통사고가 줄어들지 않는 이유는 왜일까? 필자는 습관적으로 건널목을 건너는 사람들을 유심히 관찰한다. 개나 고양이도 건널목을 지나갈 때 신호 대기 중인 자동차를 쳐다보면서 건넌다. 하물며 사람은 자동차가 오는지, 서 있는지 무관심하게 스마트폰을 들여다보면서 건는다. 그러다 사고가 나면 운전자에게 모든 책임을 전가한다.

　국토교통부 2022년 교통문화지수 실태조사에 의하면 건널목 신호 준수율은 증가하고, 무단횡단 여부는 감소하는 추세로 나타났다. 반면에 건널목 횡단 중 스마트폰 사용률은 여전히 제자리걸음으로 보인다고 한다. 보행 중 스마트폰을 사용하면 시야 폭은 56% 감소하고, 전방 주시율은 85% 감소한다. 일반 보행자보다 사고 발생률이 무려 70%나 증가하게 된다.
　따라서 자동차 운전자에게 안전을 담보해서는 안 된다. 운전자들이 운전하면서 전방주시만 하지 않는다. 때로는 한눈도 팔고, 핸드폰도 들여다본다. 순간적으로 사고를 일으키기 때문에 보행자의 방어 자세가 사고 예방의 지름길이다. 보행자 교통사고는 아차 하는 순간 발생하기 때문에 주의를 게을리하면 안 된다.

　국가에서는 보행자 안전사고를 줄이기 위해 5대 추진전략을 시행한다.
- 사고 데이터에 기반한 보행자 안전 위해 요소 제거
- 보행 약자 맞춤형 제도 정비 및 기반 시설(인프라) 확충
- 보행 활성화를 위한 보행자 중심 도시공간 조성
- 보행 중심 정책 추진 기반 강화
- 보행 안전 문화 활성화 및 보행 중심 인식 정착

　국가정책에 편승하여 우리 국민 모두는 적극적인 관심과 참여가 요망된다.
　보행 사고를 줄이기 위해서는 건널목을 건널 때 스마트폰은 잠시 내려놓고 안전 수칙을 준수해야 한다.

〔선박 고박업체의 안전 불감증〕
　서해 문갑도(인천광역시 옹진군 덕적면에 속하는 섬)를 가기 위해 고속 페리선을

타게 됐다. 페리선은 승객과 화물을 적재하고 두 항구 사이를 오가며 운송하는 선박을 말한다.

페리선에서 꼭 지켜야 할 일이 화물, 특히 자동차의 라이싱이다. 이날도 자동차의 라이싱 여부에 대해 감독 아닌 감독을 했다. 아니나 다를까 자동차 바퀴 앞뒤에 고임목만을 대는 것으로 고박 작업을 마무리하고 출항하려고 한다.

고박 인부들에게 '왜 라이싱을 하지 않느냐'라고 말했다. 필자 목소리와 태도에 눌려서인지 투덜거리며 라이싱을 한다. 다행히 덕적도에서 문갑도로 들어가는 선박은 톤수가 적지만 라이싱을 하는 걸 보고 위안으로 삼았다.

세월호 침몰(2014. 4. 16) 원인 중 하나가 화물에 쇼링(Shoring), 라이싱(Lashing, 고박)을 하지 않은 것으로 드러났다.

고박 업체의 안이한 태도가 큰 화를 부른 것이다. 쇼링은 컨테이너 안에 실린 화물이 안전하게 도착할 수 있도록 고정하는 작업이고, 라이싱은 벨트, 와이어, 체인 같은 도구를 사용해서 포인트 결박으로 화물이 움직이지 않게 고정하는 작업이다.

세월호 사고가 발생한 지 채 10년도 되지 않았는데 선박 출항 준비에 소홀한 건 아직도 안전불감증이 만연하다고 볼 수 있다. 행정관청, 선주, 고박업체 모두가 안전관리를 무시하는 처사다. 언론사에서 수시로 현장을 불시 점검 취재, 고발성 보도를 하여 선박 규정을 준수하도록 강제해야 한다.

〔위험천만 용접 불티〕

점심을 먹으러 식당으로 걸어가는데 철재 테라스를 철거하고 있었다. 테라스 바로 옆에는 인두가 있어 보행자가 다니고, 앞쪽은 낙엽이 쌓인 산으로 연결되어 있디.

마침 필자와 지인 몇 명이 걸어가는데 용난 불티가 보도로 튀어나와 깜짝 놀랐다. 공사장을 쳐다보니 안전 가림막도 없이 용단기로 철재를 절단하고 있는

게 아닌가. 신축 건물에 용접·용단 불티가 튀어 화재가 나는 경우를 더러 볼 수 있다. 곧바로 건물주인과 철거 업자를 불러 가림막 설치 후 용단 작업을 하라고 주문했다. 작업자가 얼굴을 붉히는 걸 보니 잘못을 아는 것 같았다. 안전장치가 마무리 될 때까지 자리를 지키고 있다가 식당으로 이동했다.

용접·용단 작업을 할 때 약 1,600℃~3,000℃의 불티가 발생해 흩어진다. 화재와 폭발의 원인이 되기도 하며, 화상의 위험도 있다. 이유 여하 막론하고 용접·용단 작업 시에는 안전 수칙을 철저하게 지켜야 한다. 작은 불티 하나가 대형 사고로 이어지기 때문이다.

울고, 웃게 하는 재난(災難)

김진영(28회, 방재관리연구센터 이사장)

재난이 지구촌을 웃고 또 울게 하고 있다.

한거울에도 기온이 좀처럼 영하로 내려가지 않는 이란 데헤란이 폭설과 혹한에 시달리고 있다. 내리는 눈 때문에 한 치 앞도 보이지 않을 정도다. 거북이 걸음을 하는 차량 가운데 모래를 뿌리는 제설 차량만이 분주하다. 두꺼운 겨울옷으로 무장한 시민, 사막의 나라 이란의 낯선 아침 풍경이다. 사막의 나라인 이란이 이례적으로 추운 날씨와 많은 눈으로 일상생활에 불편을 겪고 있다. 수도 테헤란에서는 모든 학교에 휴교령이 내려졌다.

하지만 어린이들은 마냥 신이 나 좀처럼 볼 수 없는 눈과 함께 즐거운 한때를 보내고 있다. 이란 테헤란의 7월 평균기온 29.5℃, 1월 평균기온 3.5℃, 연평균강수량 208mm로 기후가 건조하다. 가장 춥다는 1월이 평균 최저기온 -1.1℃, 평균 최고기온 7.2℃로 우리나라의 12월 상순과 비슷한 기온분포를 보인다.

우리나라도 예외는 아니다. 강원 영동 지역에 많은 눈이 내렸다. 눈으로 불편을 겪기도 했지만 아름다운 풍경이 펼쳐지기도 했다. 최대 60cm의 폭설이 내린 강원도에는 도로가 마비되고 크고 작은 사고도 잇따랐다. 눈이 멈추고 해가 뜨자 숨이 멎도록 아름다운 설경이 펼쳐진다. 하늘에서 내려다본 세상은 온통 눈 세상이다. 눈을 맞고 서 있는 나무들의 모습은 한 폭의 그림 같다. 산악 스키를 즐기기도 하고, 설원 위에서 텐트를 치고 하룻밤을 보낸 사람들의 모습은 아름답기도 하다.

문제는 눈이 물기를 머금어서 평소 내리는 눈보다 3배가량 무거운 습설이기 때문에 시설물 붕괴 등 피해가 우려된다는 것이다. 가로 10m, 세로 20m 비닐하우스에 습설 50㎝가 쌓이면, 무게는 덤프트럭 두 대에 해당하는 30톤(t)에 달한다고 한다. 매년 12~1, 2월이 되면 동해상의 저기압과 북쪽 고기압이 맞물리면서 형성된 강한 동풍이 백두대간에 부딪혀 폭설 구름을 발달시켜 폭설이 내린다. 연례행사로 이어진 지 오래다.

2023 계묘년이다. 계(癸)는 흑색 묘(卯)는 토끼를 의미하는 '검은 토끼'의 해를 의미한다. 기운이 강하고 노력한 만큼 복이 들어온다는 의미도 지니고 있다고 한다. 2023년은 그 어느 해보다 각종 재난에 선제적으로 대처하여 복 받는 한 해가 되길 바라는 마음이다.

재난관리는 '입춘일(보통 양력 2월 4일경)'을 기준으로 시작된다. 입춘(立春), 우수(雨水), 경칩(驚蟄), 춘분(春分) 등이 예방 · 대비하는 절기다.

입춘(양력 2월 4일)이란…
봄으로 접어드는 절후로 농사의 기준이 되는 24절기의 첫 번째 절기다. 자연재해가 시작되는 절기이기도 하다.
우수(양력 2월 19일경)란…
'우수'는 빗물이라는 뜻이다. 겨울철 추위가 풀리면서 눈, 얼음, 서리가 녹아 물이 된다. 입춘과 함께 겨울의 마무리와 봄의 시작을 알리는 절기다. 정월대보름 행사와 겹쳐 논밭 태우기를 해서 들판의 해충이나 알을 없애고 타다 남은 재는 다음 농사를 위한 거름으로 사용한다. 자정에 이르러서는 풍년을 비는 행사로 달집태우기 및 쥐불놀이를 한다. 자칫 산불 · 화재로 이어지기도 한다.

경칩(양력 3월 5일)이란…

24절기 중 세 번째 절기로 생명이 약동한다는 뜻이 있다. 겨울철 대륙성 고기압이 약화하고 이동성 고기압이 주기적으로 통과하여 한난이 반복되면서 기온이 조금씩 오른다. 땅속에 들어가 겨울잠에 빠졌던 벌레, 개구리 등이 깨어나 꿈틀거리기 시작한다. 낮에는 초여름 날씨를 보이다가 밤에는 칼바람이 부는 엄청난 일교차를 보이기도 한다. 직장인들이 봄볕을 느끼려고 도시락을 싸들고 산으로 강으로 나가고 싶은 마음이 생기는 시기이기도 하다.

춘분(양력 3월 20일)이란…

24절기 중 네 번째로 낮과 밤의 길이, 더위와 추위가 같아진다는 절기다. 태양의 중심이 적도 위에 똑바로 비추어 음과 양이 서로 반반이기 때문이다. 여름을 알리는 입하(立夏, 양력으로 5월 5일)로 접어든다고 예고하는 것과 같다.

춘분이 지나면 여름이 시작된다는 입하가 온다. 급경사지 붕괴, 산불 등이 찾아오는 불청객이다. 각종 재난이 예고 없이 우리에게 다가온다. 산간지방에서는 우박이 내려 담배, 깻잎, 고추 등 어린 모종이 피해를 본다. 높새바람이 불어 농작물의 잎을 바짝 마르게 하는 해를 입히기도 한다. 이 기간이나마 우리 재난 안전 분야에 종사하는 관계자들은 더욱 긴장된 나날을 보내면서, 예상치 않은 재난까지 다 잡아내어야 한다.

여름철 재해대책 기간을 5월 15일부터 10월 15일까지로 정하고 있다. 입춘을 시작으로 춘분을 지나 입하까지는 60여 일이 소요된다. 농부들은 경칩에는 농기구를 정비하고, 춘분에는 벼를 심고, 입하까지는 물 대기를 하는 능 지속적으로 농사 관리에 들어간다.

재난관리 책임기관들도 입춘부터 춘분까지는 축대 붕괴 등 해빙기 재난에 대비하고, 춘분부터 입하까지는 여름철 자연 재난 사전 대비 실태를 일제히 점검·정비히지.

담배꽁초

김진영(28회, 방재관리연구센터 이사장)

거리를 달리다 보면 앞서가는 운전자들이 피우고 남은 담배꽁초를 차창 밖으로 내 던지는 모습을 자주 본다. 그럴 때는 경적을 울려 경각심도 주지만 곧바로 112에 신고한다. 물론 핸드폰으로 차량번호를 찍어놓는다. 웃기는 게 전화를 받는 112의 태도로 화가 치민다. 친절은 고사하고 신고자를 피곤하게 만들어 담배꽁초를 버리는 것을 목격해도 경적으로 경각심을 줄 뿐 신고 자체는 포기한 지 오래다.

골프장에서 있었던 일이다. 다음 티업을 하기 위해 대기 중이었다. 앞 팀 골퍼 중에 한 사람이 본인 티샷 차례가 오니까 피우고 있던 담배꽁초를 불이 붙은 채로 바닥으로 내던지는 것을 보고 파수꾼인 필자는 "그러다가 산불로 이어지면 어쩌려고 그냥 던집니까"라고 나무라니까 "불 안 나면 되잖아요"라고 오히려 짜증을 내고 그냥 라운딩하는 사람이 있었는데 이런 목격도 한두 번이 아니었다.

이러한 사람들은 골퍼로서 자질이 의심스럽다. 골프장 관계자에게 모든 필드에 담배 지참을 못 하게 하라고 주문하니 백번 말해도 소용없다는 답변뿐이다. 골프 라운딩하는 사람들이 스스로 자제를 하지 않는 한 고쳐지기는 어렵다고 본다. 골프장 필드 구석구석에 담배꽁초가 있는 걸 보면 골퍼들이 어느 정도 담배꽁초를 버리는지를 가늠할 수 있다.

담배꽁초에는 호랑이 담배 피우던 시절의 추억이 새록새록 떠오르기도 한다. 담배 한 개비를 돌려가며 피웠던 시절이 있었는가 하면, 담배 살 돈이 없어 꽁초라도 주우면 몇 명이 둘러서서 서로 먼저 피우겠다고 입에 대는 그것까지도 뺏어 피우기도 했다. 학창 시절 하숙방에서의 담배는 낭만이었다. 4~5명이 둘러앉아 담배를 돌려가며 피우며 내뿜는 담배 연기가 하얗게 올라가는 모습. 뻐끔담배 피우다 금방 기침으로 털럭거리는 소리. 어느새 방안에는 연기가 자욱하고, 재떨이에는 담배꽁초가 수북이 쌓인다.

고인이 되신 수원시 심재덕 시장님은 담배꽁초 줍기 운동을 전개하신 분이다. 길을 가다가 담배꽁초 버리는 사람을 보면 꽁초를 주운 뒤 쫓아가서 "뭐 잊으신 거 없으십니까?"라고 물으신다. "없는데요"라고 대답하면 담배꽁초를 슬며시 보여주면서 "이거 사장님이 흘리셨는데"라고 웃으면서 건네며 "앞으로는 절대로 버리지 않겠다."라는 답을 받아내곤 하셨다는 일화도 있다.

이러한 담배꽁초가 골칫덩어리가 될 줄이야.

3·4월이 되면 산불로 이어지고, 장마철이 되면 하수구가 막혀 2차 피해를 유발한다.

요즘 산불로 매스컴을 도배하고 있다. 산불은 주로 4월에 발생하는데, 기후가 건조해지고 바람이 강하게 부는 날씨 때문에 최근 들어 3월에도 빈번히 발생한다. 산불에는 여러 가지 원인이 있다. 미국, 캐나다, 동남아 등지에서는 낙뢰와 이탄층(부패와 분해가 완전히 되지 않은 식물의 유해가 진흙과 함께 늪이나 못의 물 밑에 퇴적한 지층) 등 자연 요인으로 인한 산불이 많지만, 우리나라 산불의 주요 원인은 사람들의 부주의로 발생한다.

통계에 의하면 전체의 29% 정도가 논두렁·밭두렁을 소각하다 산불로 번지고, 나머지 71%는 입산자 실화(담뱃불로 추정)로 되어 있다. 예로부터 산불은 악마에 빗댄 회마(火魔)로 불렸었다. 산불이 번지는 속도가 보통 쓰레기를 태우는 불의 속도와 차원이 완전히 다르고, 바람이 불면 짧게는 몇백 미터, 길게는 몇 킬로미터 이상 불씨가 흩날리면서 번지기 때문이다.

길거리의 담배꽁초는 어떤가.

보는 이의 눈살을 찌푸리게 하는 것도 있지만, 하수구나 빗물받이에 수북이 쌓인 담배꽁초가 배수구를 막히게 하여 여름철 폭우라도 쏟아지면 빗물이 제대로 빠지지 않아 주변을 물바다로 만들기도 한다. 어느 기초자치단체는 담배꽁초를 모아오면 보상금을 지급하는 제도를 시행하고 있다.

담배꽁초 1g에 20~30원을 보상한다. 아스팔트·보도 위를 나뒹구는 것부터, 축구에 처박혀 쌓여 있는 것까지 길거리에서 주웠는지 재떨이에서 모았는지 1시간만 주워도 돈으로 환산하면 이만 원 정도 수입이 된다고 한다. 환경부 자료에 의하면 국내에서 매년 46억 여 개의 담배꽁초가 버려진다.

산불은 지구상에서 존재하는 가장 오래된 재난 중 하나이다. 우리나라도 예외는 아니다. 산림이 울창하고 가연성 낙엽 등이 많이 쌓여 있다. 경사가 급하고 기복이 커 타들어 가는 속도가 빨라 산불이 빠르게 확산한다. 산불 발생에 대한 대응조치를 취하는 시간이 극히 짧아서 초기 진압이 어렵다. 자동차 문화가 급격히 발달하면서 유동 인구가 주중·주말이 구분되지 않을 정도로 점차 늘어나 흡연가들이 무심코 던진 담배꽁초가 산불로 이어지고 있다. 특정 지역이 아닌 전국에 걸쳐서 산발적으로 발생하고 있다. 엄청난 재산·인명피해를 유발하기 때문에 무엇보다 흡연가들의 세심한 배려가 요망된다. 담배를 피운 뒤 꽁초를 아무 데나 버리지 않는 버릇만이 근본적인 해결책이라고 본다.

사람과 반려동물

김진영(28회, 방재관리연구센터 이사장)

'반려테마파크 건립 부지 조성사업 개발행위'를 심의하기 위해 참석한 바 있다. 제안자는 '반려인구 1500만 시대, 펫팸족(PET＋FAMILY) 신조어 등장' 등을 골자로 추진 배경과 필요성을 강조하면서 설명을 이어 갔다. 물론 필자는 원안을 수용하는 쪽으로 분위기를 조성했다.

우리나라에 반려동물을 기르고 있는 인구는 대략 1500만 명으로 추정한다. 전체 인구의 30%가 반려동물과 함께 살고 있는 셈이다. 특히 코로나19 이후 외부 활동이 제한되고 사람과의 접촉에 제약이 생기면서 반려동물을 기르는 사람이 크게 늘었다. 4가구 중 1가구 이상이 반려동물을 기른다.

반려동물 인구가 늘어나면서 반려동물에 대한 지원책이나 복지에 대한 관심도 늘어나고 있다. 통계 자료에 의하면 반려동물 양육 가구의 76%가 '개'를 기르고 있고, '고양이'를 기른다는 응답은 28%였나(복수 응답으로 숫자에 차이가 남). 3위는 물고기(7.0%), 4위는 햄스터(2.0%)였으며, 거북이(1.0%), 새(1.0%) 등이 그 뒤를 이었다.

2005년 8월 29일 허리케인 '카트리나'가 미국의 남동부 해안 지대를 강타해 뉴올리언스가 물에 잠겼을 때 얘기다. 초강대국이라고 자부하던 미국의 어두운 그늘을 여지없이 드러낸 대재앙이었다. 카트리나 참사를 통해 철저한 대비와 준비 없이는 그 어떤 강대국도, 또 사람들도 자연 재앙 앞에 한순간에 무너질 수밖에 없다는 것을 카트리나는 보여 주었다. 허리케인과 그 여파로 1800여 명이 사망했다.

여기에는 반려동물을 구조 대상에서 제외한 정책의 부재도 한 원인으로 작용했다. 위험한 상황에서도 반려동물과 떨어지지 않으려고 대피를 거부하는 사태가 인명피해를 가중시켰다. 당시 AP통신이 사랑하는 동물을 떼어 놓아야 하는 상황이 얼마나 고통스러운지 보여 주는지를 포착해서 보도까지 했다. 구조대원들은 반려동물을 버리라고 강요했고, 그러지 않으면 체포하겠다고 위협하기도 했다.

재난 상황에서 사람이 대피에 실패하는 사례 가운데 20~30%가 반려동물을 지키기 위해서였다. 대피령이 내려졌을 때 아이 없는 가정이 대피를 거부했던 가장 큰 이유는 반려동물을 남겨두는 데 대한 두려움이었다고 한다. 깊이 사랑하는 반려동물을 잃은 사람들이 느끼는 슬픔의 정도는 소중히 여기는 사람을 잃은 사람들이 느끼는 슬픔과 비슷하다.

카트리나가 휩쓸고 지나간 지 1년도 되지 않아 미국 의회는 주와 지방정부가 동물 구조를 긴급대피 계획에 포함하도록 한 반려동물대피운송표준(PETS) 법안을 통과시켰다. 이 법은 '반려동물과 장애인, 보조 동물을 동반한 사람을 수용할 수 있는 비상 대피시설과 자재를 위한 조달, 임대, 개보수'에 재정을 지원하도록 규정하고 있다.

'사람을 구하려면 동물도 구해야 한다'라는 카트리나 PETS 법안은 사람과 동물을 돕는 노력이 분리되어서는 안 된다는 긍정적인 효과를 가져왔다. 2011년 대형 허리케인 '아이린'이 동부 해안을 강타했을 때 주민 대부분은 반려동물과 함께 안전하게 대피할 수 있었다.

우리나라도 예외는 아니다. 자료에 의하면 2017년 포항 지진 당시 반려동물 동반자들이 임시대피소에 가지 못해 위험에도 불구하고 집에 머무르거나 거리나 차에서 밤을 보낸 사례가 있으며, 2019년 고성 산불 당시에도 반려동물 보호자들이 연수원, 콘도 등 제공된 숙소에 동반 입소하지 못해 대피를 포기하는 경우가 있었다.

이와 관련하여 반가운 소식이 있다. "반려동물 가구 600만 시대에 재난 시 대책이 없다"라며 재해·재난 발생시 반려동물 안전망 마련을 촉구했던 이은주 국회의원(정의당)이 직접 관련 법안을 발의했다. 이 의원은 "자연재난과 사회재난이 빈번하게 발생하면서 반려동물의 대피가 새로운 사회문제로 대두되고 있다. 재난 시 반려동물과 무사히 집 밖으로 탈출한다고 해도 동반 피난은 쉽지 않기 때문"이라며 "대피시설에서 반려동물의 입소를 거부하는 경우, 동물뿐만이 아니라 사람 또한 위험에 처할 수밖에 없다"라고 현 상황을 설명했다.

이 의원이 대표로 발의한 '동물보호법' 개정안은 재난 상황에서 반려동물을 대피시키는 1차적 의무는 보호자에게 있음을 명시하고, 지방자치단체의 장에 재난 시 동물이 안전하게 대피할 수 있도록 대피 지원계획을 세우고 수행하도록 하는 내용을 담고 있다.

허리케인 카트리나를 통해 전 세계가 반려동물을 사랑하는 사람들의 어려움에 관심을 갖는 계기가 되었다. 하지만 아직도 갈 길이 멀다. 사람과 반려동물 사이에 유대에 대한 인식이 하루빨리 개선 보편화되어야 한다.

슈퍼 엘니뇨

김진영(28회, 방재관리연구센터 이사장)

6~7월은 장마가 잦은 달이다. 지역에 따라 다소 차이는 보이지만 제주는 6월 19일, 남부지방은 6월 23일, 중부지방은 6월 25일 전후로 시작된다. 장마가 끝나는 시기는 7월 24일에서 7월 25일경으로 본다.

2023년은 역대 4번째 '슈퍼 엘니뇨' 해가 될 가능성이 크다고 예고한다. 해수면 온도가 평년(일기 예보에서는 지난 30년간의 기후의 평균적 상태를 이르는 말) 대비 2도 이상 높은 경우를 슈퍼 엘니뇨라고 분류하는데, 미국 지구물리유체역학연구소(GFDL), 미국 해양대기연구소(COLA), 호주 기상청(BoM-A) 등의 예측 모델이 올여름 슈퍼 엘니뇨가 올 것으로 내다보고 있다.

기상 관측이 현대화된 1950년대 이후 슈퍼 엘니뇨는 1982~1983년, 1997~1998년, 2015~2016년 등 3번 발생했다. 일부 전문가는 올해 다가올 네 번째 슈퍼 엘니뇨가 역대 최악이 될 것이라는 예측도 하고 있다.

엘니뇨 현상은 동태평양의 해수면 온도가 평년보다 높은 수준으로 수개월 이상 지속되는 현상이다. 남미 페루 부근 태평양 적도 해역의 해수 온도가 크리스마스 무렵부터 이듬해 봄철까지 주변보다 2~10℃ 이상 높아지는 이상 고온 현상을 말한다. 발생 주기는 불규칙적이지만 보통 2~7년의 주기를 가지며, 발생 지역은 열대 태평양 적도 부근에서 남아메리카 해안으로부터 중태평양에 이르는 광범위한 지역에서 나타나고 있다.

무역풍과의 상호 작용으로 발생하는 것으로 추정되는데, 엘니뇨 현상이 발생하면 지구 곳곳에 기상 이변이 발생하여 많은 피해를 야기 시킨다. 엘니뇨는 스페인어로 '남자아이'라는 뜻이다. 대문자로 쓰면 '아기 예수'가 된다. 크리스마스쯤 페루 연안의 수온이 올라 멸치가 잡히지 않자 어민들이 조업을 중단하고 가족과 연휴를 보낸다. 이런 휴식을 예수가 준 선물로 빗대 엘니뇨라고 불렀다가 굳어진 용어가 됐다. 반대로 열대 서태평양 무역풍이 강화되면 열대 동태평양에서 평년보다 낮은 수온이 유지되는 현상이 나타난다. 이를 엘니뇨의 반대라는 의미로 '라니냐'라고 하는데 스페인어로 '여자 아이'를 뜻한다.

엘니뇨가 오면 일부 지역에서는 홍수, 일부에서는 폭염을 몰고 온다. 슈퍼 엘니뇨 시기엔 이런 기상 변화가 극단적인 형태로 나타난다. 1982~1983년 첫 슈퍼 엘니뇨 당시 페루와 에콰도르에 평소보다 40배 가까운 폭우가 내렸다. 반면 당시 필리핀, 인도네시아, 호주 등은 극심한 폭염을 겪었다. 강도가 역대 최강이었다는 두 번째 슈퍼 엘니뇨가 발생한 1997~1998년에는 피해가 더 심각했다. 1998년 여름 중국 화남 지방에 수개월 동안 비가 쏟아지는 홍수가 발생해 3,000명 이상이 숨졌다.

우리나라에서는 엘니뇨가 나타난 여름에 남부지방을 중심으로 강수량이 늘어나고, 일부 지역에서는 기온이 상승하여 폭염이 나타나는 경향을 보인다.

폭염으로 인한 피해 역시 해마다 기록을 깨며, 일상적인 사건이 되어 가고 있다. 전 세계의 온도는 지난 100년간 0.74℃가 상승했다. 2000년 불가리아에서는 갑작스러운 열풍으로 100여 건의 산불이 발생하여 국가 비상사태가 선포되었으며, 같은 해 튀르키예 에서도 고온으로 철로가 녹거나 뒤틀려, 열차가 탈선하고 승객들이 다치는 사고가 발생하기도 했다.

세 번째 슈퍼 엘니뇨(2015 2016년) 때는 유난히 폭염이 심했다. 인도네시아에선 제주도 넓이 1.6배에 해낭하는 30만ha의 열대우림이 불에 탔다. '지구의 허파'로 불리는 아마존 열대우림도 61만ha나 소실됐다.

한국도 예외가 아니어서 서울의 더위는 2006년에 최고치를 기록해, 더위로 700여 명이 사망한 1994년의 기록을 깼다. 학자들은 이러한 추세가 계속되어 2032년 이후에는 폭염으로 인한 사망자가 서울에서만 300명 이상이 될 것으로 예상한다.

슈퍼 엘니뇨가 몰고 오는 이상 기후는 지구 곳곳에 다양한 방식으로 타격을 가한다.

• 우선 식량 위기를 부른다. 날씨 변화로 농산물 출하량이 줄어들고, 그로 인해 가격이 급등하는 '애그플레이션(Agflation)' 현상을 낳기 때문이다.

• 바닷속 생태계에도 큰 영향을 미친다. 대표적인 예가 첫 번째 슈퍼 엘니뇨 시기였던 1984년 페루의 멸치 생산량이 급감한 사례다. 슈퍼 엘니뇨로 해수 온도가 급상승한 탓에 멸치 씨가 말랐기 때문이다.

• 전염병이 퍼질 가능성을 높인다는 점에서도 인류에게 위협적이다. 세 번째 슈퍼 엘니뇨 시기였던 2015~2016년 미국 남서부에서 페스트와 한타 바이러스가 창궐했다. 탄자니아에서는 콜레라, 브라질·동남아시아에서 뎅기열이 번졌다.

• 기타 글로벌 물류 산업도 엘니뇨에 따른 영향을 피하기 어렵다고 한다. 미주 대륙의 핵심 루트인 태평양과 대서양 사이의 파나마운하에서는 엘니뇨가 발생하면 화물 운송량이 줄어든다.

강력한 엘니뇨현상이 발생하면 기후는 예측 불가능하다고 한다. 인류가 초래한 온난화와 결합해 '역대급 고온 현상'을 초래할 가능성이 크다. 한국도 태풍과 가뭄, 폭염, 홍수 등 극한 기상이 예상된다. 이제부터라도 우리 실정에 맞는 철저한 대비와 함께 이산화탄소 감축에 나서야 한다. 나부터 전기자동차로 바꾸고, 종이컵 하나라도 안 쓰려고 노력해야 한다.

극한호우(極限豪雨)

김진영(28회, 방재관리연구센터 이사장)

2023년 7월 15일 오전 8시 45분께 집중호우로 인해 미호천교 제방이 붕괴하면서 홍수가 인근에 있는 청주시 오송읍 궁촌2 지하차도를 덮쳤다. 이에 따라 차량 16대에 갇혀 있던 14명이 고귀한 목숨을 잃었다. 또 한 번 후진국형 인재가 발생한 것이다.

2014년 4월 16일 인천에서 제주로 향하던 여객선 세월호가 진도 인근 해상에서 침몰하면서 승객 304명이 사망·실종된 대형 참사가 있었다. 선박사고가 날 때마다 솜방망이 처벌이 세월호 침몰까지 몰고 온 것이다.

실 사례를 살펴본다.

선박사고 원인은 크게 선체 결함, 안전 불감증, 과적, 고박 불량, 관리 감독 소홀 등으로 이어진다.

• 연호 침몰 사고(1963년 1월 18일 정오경) : 전남 영암군 해상에서 침몰하여 140명이 사망했다. 사고 원인은 과적과 정원 초과, 안전 불감증(악천후임에도 무리한 운항)이다.

• 남영호 침몰 사고(1970년 12월 15일 새벽 1시경) : 전남 여수 동남쪽으로 28마일(약 52km) 떨어진 해상에서 침몰하여 326명이 사망했다. 사고 원인은 과적, 고박 불량 및 관리 감독 소홀로 나타났다.

• 서해 페리호 침몰 사고(1993년 10월 10일 오전) : 전라북도 부안군 위도에서 침몰 292명의 사망자를 냈다.

사고 원인은 과적과 정원 초과, 안전 불감증, 고박 불량, 관리 감독 소홀로 나타났다.

사고 조사반은 또 다른 해난사고를 예방하기 위해서는 선박 법규의 전반적인 검토, 항로와 선박 안정성에 대한 검토, 연안여객선의 선형 개량사업 추진 등 법적·제도적 미비점에 대한 보강이 필요함을 지적하였지만 흐지부지하게 처리되어 세월호 침몰 사고로까지 이어진 것이다.

세월호 참사는 엉뚱한 교신으로 인한 초기 대응 시간 지연, 선장과 선원들의 무책임, 해경의 소극적 구조와 정부의 뒷북 대처 등 총체적 부실로 최악의 인재(人災)로 이어졌다. 세월호 사건 관련자 엄벌, 관련 법령 개정 등 엄격한 제도 개선 이후 현재까지 대형 선박사고가 없다.

지하차도 침수를 되짚어 보자.

• 2014년 8월 25일 부산광역시 동래구 우장춘로 지하차도가 침수되어 2명이 숨졌다.

• 2020년 7월 23일 부산광역시 초량동 초량 제1지하차도가 침수되어 3명이 사망했다. 초량동 지하차도 침수는 우장춘로 지하차도 사고와 판박이였다. 부산광역시와 중앙정부의 안이한 사후 대처가 초량동 지하차도로 이어졌다는 비난을 면치 못했다.

• 14명이 숨진 채 발견된 충북 청주시 궁평2지하차도 침수 사고는 2020년 3명이 숨진 부산 동구 초량 제1지하차도 침수 사고와 닮은꼴이다. 부산 지하차도 침수 사고와 관련해 공무원들에게 무더기로 실형(솜방망이?)이 선고되며 경종을 울렸고, 정부가 유사 사고 방지를 위한 대책을 내놨음에도 또 피해가 발생하는 것은 막지 못했다. 형식적인 처벌이기 때문이다.

'극한호우'라는 용어가 새롭게 탄생되었다. 극한호우 긴급재난문자는 2022년 8월 중부지방 집중호우를 계기로 도입했고, 2023년 7월 11일 처음으로 발생했다. 기상청은 2023년 6월 15일부터 수도권을 대상으로 1시간에 50mm와 3시간에 90mm 기준을 동시에 충족하거나 1시간에 72mm 기준을 충족하는 비가 내리면 행정안전부를 거치지 않고 긴급재난문자를 직접 발송하고 있다.

'극한호우' 긴급재난문자는 읍면동 단위로 발송된다. 최초 사례는 2023년 7월 11일 5시 31분 구로구 궁동 등에 1시간 강수량이 72mm에 도달함에 따라 16시 00분 55초에 서울 구로구 구로동, 영등포구 신길동과 대림동, 동작구 상도동과 상도1동, 대방동, 신대방동 등에 첫 발송되었다.

극한호우가 발효되면 산사태, 저지대 침수 등 대규모 재해가 발생할 수 있는 위험한 상태를 몰고 온다. 걷기도 힘들고, 운전 중에는 시야도 확보되지 않는다. 지자체에서는 지역자율방재단원과 합동으로 침수된 도로, 지하차도, 교량 등을 중점 순찰하여 사람과 차량을 엄격히 통제하는 것은 기본이다.

필자는 '중앙재난안전대책본부'에서만 25년을 근무했다. 축구에서 골키퍼가 동물적인 감각으로 골을 막는다. 축구선수라고 모두가 골키퍼가 될 수 없다. 재난안전전문가도 골키퍼와 같다. 오랫동안 쌓여온 훈련만이 훌륭한 골키퍼를 탄생시키듯 재난안전전문가는 순환보직에 포함하면 안 된다. 2009년 1월 15일 미 항공기가 허드슨 강에 불시착, 155명의 인명을 구한 조종사 '체슬리 설렌버거'를 봐도 알 수 있다. 통칭 허드슨 강의 기적이라고 불리는 항공기 사고다.

궁평2시하차도 침수 참사와 관련, 경찰은 도로와 제방 관리 책임 소재를 밝히기 위해 전담팀을 구성 수사에 착수한다고 했다. 국무조정실은 사망사고 원인을 규명하기 위한 감찰에 착수했다. 이런 매스컴을 접하고 또 한 번 속아야 하나 의구심이 앞선다.

매년 되풀이되는 재난에 언제까지나 뒷북만 칠까. 앞으로도 걱정이 앞서는 건 왜일까. 지하차도 침수로 선량한 국민이 사망한 사례가 어디 이번뿐인가. 사고가 날 때마다 사후 감찰, 수사 등 법석을 떠는 모양새가 언제까지나 갈까

폭염도 자연재난

김진영 (28회, 방재관리연구센터 이사장)

재난 및 안전관리기본법(이하 기본법)은 "재난이란 국민의 생명·신체·재산과 국가에 피해를 주거나 줄 수 있는 것으로 자연재난과 사회재난으로 구분하고. 국가와 지방자치단체는 재난이나 그 밖의 각종 사고로부터 국민의 생명·신체 및 재산을 보호할 책무를 지고. 재난이나 그 밖의 각종 사고를 예방하고 피해를 줄이기 위하여 노력하여야 하며. 발생한 피해를 신속히 대응·복구하기 위한 계획을 수립·시행하여야 한다."라고 규정하고 있다.

기본법에서는 자연 재난을 태풍, 홍수, 호우(豪雨), 강풍, 풍랑, 해일(海溢), 폭염 등 자연현상으로 발생한 재해로 정의하고 있으며 국가, 지방자치단체, 국민 모두의 책무를 우선시하고 있다.

2018년 한파와 폭염이 기승을 부려 2019년 9월 18일(법률 제15764호) 기본법을 개정하면서 한파, 폭염을 자연재난 정의에 포함했다.

2018년 겨울은 예년 겨울에 비해 매우 추웠다. 한랭 질환 환자가 평년 대비 급증했으며 10여 명이 사망했다. 또한 한랭 질환에 의한 사망이 직접적인 사인이 아니더라도 통계상으로 2018년 1월에만 평년에 비해 사망자 수가 5000명 정도 많았다.

가정집에서는 각종 동파 사고가 끊이지 않았고 오죽하면 일부 사람들은 살다 살다 수도관, 세탁기, 변기 등 트리플 크라운 동파는 처음이라며 혀를 내둘 렀다고 한다. 이러한 한파는 대한민국을 포함한 동아시아만의 얘기가 아니고 북미대륙, 중앙아시아 등 북반구 각지에서도 나타났다.

2018년 여름은 어떤가. 중국에서 강하게 발달한 덥고 건조한 티베트 고기압 과 덥고 습한 북태평양 고기압이 만나 장마전선이 빠르게 북상하여 만주 지방 까지 올라갔다. 결국 열이 다른 곳으로 빠져나가지 못하고 한반도 상공에 강한 열대류 현상이 자리를 잡아 무더운 날씨가 지속되었다.

7월 말에는 태풍 종다리가 폭염을 식혀주는가 했더니 푄현상을 일으키면서 폭염을 부추겼다. 결국 8월 1일, 서울특별시 39.6℃, 강원도 홍천군 41.0℃라 는 기상 관측 이래 역대 공식 최고기온을 나타내면서 대한민국 역사상 최악의 폭염을 기록했다.

WMO(세계기상기구)는 성명에서 2023년에 이어 북반구 여러 곳이 더 강렬한 폭염을 맞이하게 되고 북아메리카주, 아시아주, 북부 아프리카주와 지중해의 부분적 지역의 기온이 섭씨 40도를 초과하며 고온 날씨가 지속될 것이라고 밝 혔다.

WMO는 폭염의 빈도, 지속시간 및 강도가 계속 증가하고 있음을 관찰했다 고 하면서, 이런 사건의 강도는 계속하여 증가할 것인바 세계는 더 강렬한 폭 염에 대비해야 한다고 강조했다.

해외에서는 폭염도 재난이라는 인식을 심어주기 위해 태풍처럼 이름을 붙이 고 있다. 태풍에 '매미' '루사'와 같은 이름을 붙이듯 외국에서는 폭염에도 명칭 을 부여한다.

미국에서는 폭염에 태풍처럼 등급을 매기고 이름을 붙이는 방안이 추진된 다. 캘리포니아 로스앤젤레스 시 당국은 최근 "시민들에게 폭염 위험을 쉽게 알리고 경각심을 높이기 위해 폭염을 3등급으로 나누고 이름을 붙여 소통하는 법안을 2024년 1월 제출할 예정"이라고 밝혔다. 그만큼 폭염도 태풍의 무게만 큼 정부 차원의 재난관리가 필요하다는 뜻이다.

우리나라는 어떤가. 기본법에 폭염이 명시(2019년)되었음에도 폭염에 대한 재난관리는 아직 제자리에 머물고 있다. 소리 없는 재난이란 이름에 걸맞게 폭염에 대한 대응, 대비도 소리없이 4년이란 세월이 흘러갔다.

2023년 입추가 지났음에도 폭염이 누그러들 기미를 보이지 않고 있다. 폭염이 지속되는 가운데, 온열질환자도 급증하고 있다. 온열질환은 말 그대로 고온에 장시간 노출될 때 열에 의해 발생하는 질환이다. 숨쉬기조차 어려운 무더운 날씨에 무리한 외부 활동으로 발생하는 질환으로 구토, 고열, 신경 및 정신이상이 나타나면서 위급한 상황으로까지 이어진다. 특히 온열질환으로 인한 사망자의 70% 이상이 70대 이상 고령자이다.

푹푹 찌는 무더위가 연일 이어지고 있음에도 정부는 폭염에 대한 심각성을 인지하지 못하는 듯 보인다.

정부의 태풍 '카눈' 대응 실태를 들여다보자. 2023년 7월 28일 괌 서쪽 730km 해상에서 태풍으로 발달해 한반도를 관통하여 8월 11일 오전 6시 북한 평양 남동쪽 80km 지점에서 열대저압부로 약화하며 소멸하였다. 기상청 관측 이래(1951년) 처음으로 한반도를 종단한 태풍이다. 정부의 적극적인 대응으로 피해를 최소화함은 물론, 곧바로 긴급 복구와 지원에 최선을 다하는 모습에 대한민국의 성숙함이 보였다.

최근 발표된 슈퍼 엘니뇨현상이 극심한 폭염의 발생과 강도를 높였다고 본다. 따라서 우리는 우여곡절의 과정을 거쳐야 할 것이며 이는 인류의 건강과 생계에도 상당한 영향을 미치게 될 것이다.

폭염은 농축산업계에도 피해를 유발하지만, 인명피해로 이어지는 치명적인 재난이다. 매스컴은 폭염, 온열질환 보도로 소리를 높이고 있지만 정부의 체계적이고 실질적인 대응은 국민 피부에 와 닿지 않는다. 폭염이 소리 없는 재난이기 때문일까? 아니면 더 많은 인명피해가 나야 할까?

지구촌 대재앙

김진영(28회, 방재관리연구센터 이사장)

지구촌을 위협하는 대재앙. 과학자들은 지구 대재앙을 크게 핵전쟁, AI의 인간지배, 항성 충돌, 기후변화로 압축하고 있다. 핵전쟁과 AI 지배는 인위적인 재난이지만 항성 충돌과 기후변화는 자연적인 재난으로 인간의 힘으로 막기에는 한계가 있다. 본 지면에서는 자연 재난 중 기후변화에 기인한 재난을 살펴본다. 기후변화는 우리가 모두 관심을 둔다면 재해를 어느 정도 줄여 나갈 수 있다고 보기 때문이다.

지구촌 곳곳에서 기후변화에 따른 홍수, 폭염, 지진, 산불 등 자연 재난이 동시다발적으로 발생하고 있다.

북아프리카 리비아 동북부에는 폭풍우 '다니엘'로 댐 2곳이 붕괴하고 홍수로 항구도시 데르나의 건물과 다리, 도로 등이 붕괴하면서 폐허가 되었다. 최소 1만 1300여 명이 사망하고, 1만여 명 이상이 실종됐으며, 4만 명이 넘는 이재민이 발생했다.

홍콩에서는 1884년 이후 139년 만에 최악의 폭우가 내렸다. 홍콩 정부는 증권거래소와 학교, 공공기관 문을 닫았고 대중교통 운행도 중단시키는 등 도시 전역이 마비됐다.

미국 네바다주 블렉록 사막에서는 매년 버닝맨(burning man)이란 축제가 약 1

주일간 열린다. 이번 축제 기간에 느닷없이 폭우가 내려 참가자 7만여 명이 진흙탕 속에 고립되었다. 평소 메말랐던 땅이 침수되면서 온통 진흙탕이 됐고 자동차가 진흙에서 빠져나오지 못하고 뒤섞여 아수라장이 되었다.

기록적인 '기습 폭우'로 미국 네바다 사막이 진흙탕으로 변한 가운데 이곳에서 살아 있는 화석인 '요정 새우'가 발견되었다. 이 생물은 긴꼬리투구새우와 일명 '요정 새우'로 불리는 무갑류(Anostraca)라고 한다. 수억 년 전부터 지구에 존재하며 거의 비슷한 형태로 현재까지 살고 있어 '살아있는 화석'이라고 불린다고 한다.

태국은 폭염에 시달렸다. 태국 북서부 탁 지역은 지난 4월 45.4도까지 올라 태국 역대 최고 기온을 기록했다. 태국 각지에서의 체감 온도는 50도를 넘었다. 태국 외에도 베트남, 미얀마 등 동남아 여러 나라에 올해 들어 이상고온 현상이 이어졌다. 베트남은 5월 초 기온이 44.1도까지 올라 사상 최고 기록을 바꿨다. 싱가포르는 5월 기온이 37도까지 올라 5월 역대 최고 기온을 기록했다. 미얀마도 4월 말 중남부 기온이 43도에 달해 58년 만에 해당 지역 최고 기록을 세웠다.

유럽도 500년 만에 최악의 가뭄에 시달리고 있다. 극심한 폭염에 프랑스, 스페인 등 곳곳에 대형 산불이 이어지고 독일과 이탈리아는 강물도 말라붙었다. 중국은 양쯔강이 150년 만에 최저 수위를 보이며 땅이 갈라져 사막처럼 변했다.

튀르키예와 모로코는 지진으로 수많은 인명피해가 발생했다.

2023년 2월 6일 튀르키예 가지안테프도에서 규모 7.8의 강진이 발생하였다. 이번 지진은 1939년 12월 27일 튀르키예 에르진잔에서 발생한 지진과 동급이지만 튀르키예 공화국 성립 이후 발생한 지진 중 가장 강한 지진이다. 지진이 발생한 지역은 튀르키예와 시리아의 국경지대로, 엄청난 피해(사망: 6만여 명, 실종: 300여 명, 부상: 13만여 명)를 안겨 주었다.

2023년 9월 9일 모로코 마라케시 남서쪽 72km 지역에서 규모 7.4의 강진이 발생, 잠정 집계된 사망자는 3000여 명, 실종자는 수색하고 있어 통계를 알 수가 없다. 20세기 이후 120여 년 만에 모로코 내륙에서 발생한 지진 가운데 최대 규모라고 한다. 마라케시의 구시가지는 유네스코 세계문화유산으로 등재되어 있는데 이 지진으로 건물 일부가 무너지는 등 피해가 컸다.

미국 하와이주에서는 사상 최악의 산불이 덮쳤다. 허리케인 '도라'가 강하고 건조한 동풍을 유발하여 건조한 지상과의 결합 연쇄적·대규모로 번졌다. 꺼진 줄 알았던 불은 극심한 가뭄과 시속 100~130km의 강풍으로 오랫동안 지속되었다. 주로 마우이섬에서 피해가 컸지만, 하와이섬과 오아후섬에서도 산불이 일어났다. 또 해당 산불은 미국 역사상 100년 만에 1918년에 발생한 미네소타 산불 이후 가장 많은 인명피해(사망자 115명, 실종자 200여 명)를 남겼다.

캐나다도 사상 최악의 산불을 겪고 있다. 로이터 통신은 올해 산불 시즌이 아직 끝나지 않았다면서 누적 산불 피해 면적은 16만 6천㎢를 초과해 캐나다 역대 기록의 두 배가 넘어섰다고 전했다. 9월 7일 기준 캐나다 전역에서 1천 곳이 넘는 산불이 발생했으며 이 중 약 650곳은 통제 불능 상태다. 이번 산불은 13개 주와 기타 주급 지역을 포함한 캐나다 전역으로 확산해 많은 사람이 대피했다.

위의 사례를 보듯 지구는 자연 재난이 멈출 줄 모르고, 그 규모가 커지고 빈도도 잦아지고 있다. SNS의 반가운 문구를 전하면서 마무리하려고 한다.

'대한민국이 대재앙을 막을 유일한 나라'라고 샘 리처드 미국의 명문대 교수가 주장한다는 내용이다.

샘 교수는 "대부분의 나라들은 기후 위기를 헤쳐 나갈 사회, 문화적 토대가 부족합니다. 한국은 그 실마리가 될 4가지를 가지고 있습니다"라고 말한다.

• 첫 번째는 한국은 공동체 중심 사회 즉, 공동체가 잘 돼야 개인도 행복하다는 생각이 뿌리 깊게 박혀 있는 사회다.

• 두 번째는 효율적인 교육 시스템이다. 교육에 있어서 한국만큼 진지한 국가는 그리 많지 않다.

• 세 번째는 공익을 위한 규칙을 준수한다는 점이다. 규칙을 만든 사람도 신뢰하지 않는 규칙을 공익을 위해서라면 기꺼이 따르는 것이 한국인이다.

• 마지막으로 세계적인 소프트파워 국가라고 한다.

돌로미테 트레킹

윤순섭(28회 김진영 아내)

고대하던 알프스 돌로미테 트레킹을 다녀왔다. 보통의 여행이라면 설렘으로 기다림이 컸겠지만 이번만큼은 6일 동안 매일 산행을 해야 했기에 약간의 모험이 가미된 여행이었다. 여행을 뜻하는 영어의 어원이 고통과 고난이라고 하니 관광이 아닌 그야말로 여행을 제대로 한 셈이다.

거대한 백운암 산군으로 이루어진 돌로미테는 깎아지른 듯한 절벽과 드넓은 초원이 한데 어우러져 마치 대자연의 파노라마가 펼쳐지는 듯하다. 남성적인 거대한 돌산은 바다 밑 지각이 융기되어 장엄한 바위산을 이루며 수직 암봉으로 근사한 자연풍광을 보여준다. 알프스 풍경답게 그림 같은 푸른 풀밭에는 초록빛 융단위에 곱게 수놓은 것처럼 흐드러지게 야생화가 피어 있다.

혹독한 추위와 눈보라를 견디었을 야생화는 종류가 몇 십 가지가 될 정도로 다양했다. 뽐낼 아름다운 자태는 아니지만 자세히 들여다보아야 보이는 얼굴 작은 꽃들은 이름은 알 수 없지만 앙증맞고 귀엽다. 각양각색의 야생화들이 이방인을 맞이하여 각자의 개성미를 뽐낸다. 요들송에도 나오는 알펜로즈는 공기가 맑아서인지 색깔이 더욱 선명하다.

초원을 지나면 금세 딴 세상 같이 메마른 암봉이 나타난다. 사람의 발길이 뜸했을 산군들은 햇빛에 따라 색채가 변하고, 병풍을 친 듯한 돌산의 능선을 걷노라면 영화 『마션』이 생각날 정도로 우주 멀리 떨어져 있는 행성의 황량함을 느낀다.

제일 높다는 산군에 올라갈 때는 아직도 만년설이 쌓여 있어 어떤 곳은 스틱을 짚으면 거의 반 이상이 쑥 들어간다. 빠질까 봐 앞사람의 발자국만 뒤따라 디디며 가기도 했다. 빙하가 녹으면서 부서져 내린 하얀 백운석 돌들은 파란 하늘 아래 눈부시게 반짝여 마치 썰어놓은 인절미를 밟으며 걷는 것 같다. 한 곳에서 두 계절을 경험하게 된다.

돌로미테의 산군 중 가장 유명한 '트레치메 디 라바레도'는 하늘을 찌를 듯한 세 봉우리인데 그 고봉의 웅장함에 압도되어 경외감마저 든다. 봉우리를 가운데 두고 걷고 또 걷는 순간은 무언의 수행같이 자아성찰의 시간이 되는 것 같다.

산이 높다 보니 갑자기 날씨가 흐리며 비가 오기도 한다. 구름 사이로 언뜻 언뜻 나타났다 사라지는 뾰족한 침봉 들은 지욱한 안개 때문인지 몽환적인 분위기를 자아낸다. 산에는 곳곳에 산장들이 있다. 등산으로 힘들었을 사람들의 쉼터이기에 세계 각국의 트레커들이 모인다. 말은 다르지만 편한 미소가 만국 공통어다. 힘들게 올라와 시원한 맥주로 피로를 푸는 사람들의 만족스러운 얼굴 표정이 행복해 보인다.

한쪽에선 7~8세 정도의 어린아이가 발아래 그릇을 놓고 아코디언을 연주하여 모두의 시선을 끈다. 여기까지 어떻게 올라 왔는지 궁금해 하며 그 귀여움에 박수를 보내며 흥을 내본다. 후드득 떨어지는 빗방울에 서둘러 우비를 덧입고 오른 산장에서의 뜨거운 커피의 향기와 맞은 트레킹의 또 다른 묘미이다. 역시 비오는 날과 커피는 뗄 수 없는 궁합임을 다시 한 번 느꼈다.

멋진 알프스 산의 등정은 힘들었지만 동행한 분들의 유머는 즐거운 여행의 양념이 되어 뜻있는 추억 어린 여행이 되었다. 숨이 턱에 차도록 걷다 보면 나는 어느새 자연의 일부분이 되고 자연은 또 나를 품는다. 여행이란 그저 떠나기만 해도 좋은 것이기에 집을 나서는데 망설임이 없어야 한다. 대자연의 위대함을 경험한 돌로미테의 트레킹은 진정한 여행이었다.

단둘이 산악회

'단둘이 산악회'는 남편과 둘이 산에 자주 다니면서 재미삼아 붙인 우리 부부의 산악회 명칭이다. 젊은 시절 부부산악회라 하여 여섯 쌍이 우리나라에서 경치 좋다는 산들을 두루두루 많이도 다녔다. 몇 년 전 산에서 내려오다 다친 후로는 등산하기가 겁나 그렇게 자주 다니던 산에도 거의 발길을 끊었다. 더군다나 겨울에는 추위를 핑계로 몸을 사리며 산에 가기를 멀리했다.

그야말로 단둘이 산악회 구실을 제대로 못하고 한동안을 보냈다. 단둘이 산악회의 장점은 부부 단 두 명이기 때문에 때와 장소에 상관없이 마음먹으면 손쉽게 떠날 수 있어 기동력이 좋다는 것이다.

며칠 전에는 아침에 눈뜨자 '두타산 자연휴양림'으로 행선지를 정하며 서둘러 떠났다. 오랜만에 계곡을 따라 올라가는 산행은 상쾌한 기분을 느끼기에 충분했다. 아직은 꽃샘바람이 불어 나무에 새싹들은 얼굴을 내밀지 못하고 움츠러들고 있지만 겨우내 얼어 있던 계곡에선 청량한 물소리를 내며 얼음 밑으로 맑은 물을 흘러보내고 있었다.

한겨울의 혹독한 추위를 견뎠기에 살랑살랑 부는 봄바람의 따스함을 더욱 온몸으로 느낄 수 있었다. 요즘 날씨가 건조해서 산불이 자주 나는데 '산불예방 입산금지' 표지가 붙어 있어 올라가지 못하고 둘레길만 산책하고 내려와서 아쉬움이 컸다.

남편의 신조가 등산은 아름다운 풍경을 구경하기보다 운동이 우선이라 하여 땀 흘리며 올라가야 한단다. 내 생각은 여유 있게 느긋한 산행을 원하지만 열심히 올라가 정상에서 느끼는 만족감은 그런 대로 좋다. 견해 차이는 있지만 높은 산을 힘들게 오르내리기는 이제는 힘에 겨워 난이도가 약간 낮은 트레킹을 하기로 마음먹었다.

그래서 요즘은 국립자연휴양림을 찾아 걷고 있는 중이다. 알고 보니 휴양림 내에는 캠핑도 할 수 있고 펜션도 잘 지어져 있다. 아이들과 함께 숲 체험하며 하루를 편하게 힐링할 수 있으면 좋겠다는 생각도 든다. 우리나라의 산은 아기자기한 매력이 있어 산길 따라 걷는 즐거움 또한 크다. 우리 사계의 산도 아름답지만 또 다른 다채로운 풍경을 찾아 외국 트레킹을 다녀오신 분들도 꽤 있는 것 같다.

지인 중에 교장선생님으로 퇴직한 이후 많은 곳을 여행하시는 분이 계시다. 아주 활동적인 분이시라 대체로 배낭 메고 외국 트레킹 하는 곳으로 주로 다니신다. 이번에는 이탈리아 '돌로미테' 라는 곳으로 가신다는데 동행할 파트너가 없다며 같이 가길 원하신다. 여러 여건상 망설여지기도 했지만 몇 년간 손주들 돌보느라 애썼다고 보너스라며 남편이 적극적으로 다녀오라고 하니 고맙기 그지없다.

앞으로 남은 인생에서 가장 젊은 때인 지금 시도해 보지 않으면 후회할 것 같아 용기를 내었다. 생각지도 않은 우연한 기회로 산을 좋아하는 사람들이 꼭 가고 싶어 하는 멋진 곳을 가게 된 것이다. 암봉과 초원으로 이루어진 웅장한 알프스 산악지대를 걷는 걸 상상하니 소소한 행복감마저 들었다.

꿈꿔 왔던 돌로미테 트레킹이지만 막상 가기로 결정하고 나니 걱정이 앞선다. 오랜만에 떠나는 여행이고 연속적인 산행을 잘 할 수 있을지 내심 염려스럽다. 하지만 어떤 비경을 가슴에 품고 올지 기대되고 마음이 설렌다.

트레킹을 가기까지 많은 날이 남았지만 지금부터라도 체력단련으로 동네 뒷산을 열심히 다녀야겠다. '단둘이 산악회'가 나 홀로 산악회가 되지 않도록 건강에 유의해야겠다고 다짐해 본다. 아직도 많은 산들이 우리 부부를 기다리고 있기에 자연을 벗 삼아 떠나는 단둘이 산악회의 산행은 계속되리라.

☞ 윤순섭 작가: 한국수필가협회 작가, 다사랑 청소년봉사단 운영위원, 한국다래연구소 이사, 전통문화원 이사

추억과 함께하는 민속품들

이형복(33회)

눈에 익은 것이 아름답다.

그래서인지 가끔 시골집 부엌에 놓여 있는 오래된 밥그릇 하나, 전통이 어우러진 찻집에서 인테리어로 장식된 고가구품들, 아파트의 한 공간에서 쓰이는 작은 민속품 하나는 참 정감이 간다. 예전에 이 물건의 용도는 이거였는데 하면서 젊은 시절의 군대 이야기 쏟아내듯 한없는 추억을 되새김해 보기도 한다.

민속품처럼 종교나 지역이나 정치 그리고 어떤 사상에 편 가름 없는 것이 또 있을까? 그것은 우리와 일상을 함께했기 때문에 부담이 없는 것이고, 누구나 추억을 공유할 수 있기 때문일 것이다. 민속품을 가만히 바라보면 인체의 곡선을 닮은 것이 참 많다. 네모난 것 같으면서도 유연하고, 동그란 것 같으면서도 올곧다.

그래서 더욱 우리에게 친밀감 있게 다가오는지도 모른다. 일단 인체곡선을 닮았으니 눈에는 거부감이 들지 않고, 우리의 할머니 할아버지 부모님께서 쓰시던 물건인지라 더욱 큰 그리움의 대상이 된다.

이린 시절 나는 그런 민속품들에 대해 많은 거부감을 가졌었다. 그분들이 살아 계셨을 때는 그런 것들이 왜 그리 보기 싫었는지, 남들은 스테인리스 그릇에 밥을 먹는데 우리 집은 항상 놋쇠 그릇에 밥을 먹고, 또한 우리 집은 밥 주는 시계(태엽 시계)가 있었고 다른 집은 건전지로 가는 일명 뻐꾸기시계를 갖고 있었다.

그러니 어린 나로서는 옆집 친구들보다 부유하지 못한 것에 대한 부끄러움으로 항상 투정을 부리면서 살아왔다. 이제 생각해 보면 어머님은 돈이 없는 것도, 없는 것이지만 조그마한 물건 하나라도 버리는 법이 없으셨던 것 같다. 얼마나 어머님 속을 상하게 했을까? 어쩌면 중년이 된 지금 그 추억은 돌아가신 분에 대한 일말의 죄책감도 함께 있으리라.

옛날 물건들이 모두 다 희소성이 있거나, 골동품처럼 요란스럽게 화제의 대상이 되어 비싸지는 않다. 할머니가 쓰시던 반짇고리나 할아버지의 곰방대 하나로도 가족, 친구끼리 오붓하게 앉아서 조용히 즐길 수 있고, 여러 가지의 얘깃거리로 대화의 장을 마련할 수 있다. 그러고 보면 민속품 하나가 주는 의미는 바쁜 일상생활에 쉬어갈 수 있는 여유를 만들어 주고, 웃음이 넘치는 대화를 이어주게 하니 참으로 인기 있는 문화상품 내지는 정신적인 재산이 아닐까?

가끔 아이들과 대화를 나눌 때 바라보는 시각이 서로 다른 경우가 종종 있다. 구세대란 소리 듣는 것이 익숙해져 있는데, 세대 차이를 느낀다고나 할까? 가끔은 하나씩 남아 있는 작은 소품들을 보이면서 옛 추억을 되새김하는 것도 가족 간의 의사를 나눌 수 있는 좋은 방법이다.

고가구와 우마차 바퀴, 달구지를 몰던 소의 요령도 아이들은 아이들대로 조상들의 생활상을 보여주는 신기한 물건들로 교육적 효과가 크고 어른들은 어른들대로 부모를 생각하고 옛 추억을 기억할 수 있어 즐거움을 줄 수 있다.

어린 시절 비가 오는 초저녁, 뭔가가 슬그머니 그리워질 때쯤 부엌에서 타닥타닥 나무 타는 소리가 귓가에 들려오고, 톡 톡 톡 튀는 소리와 함께 고소한 냄새가 방안에 스며든다. 그렇게 한순간이 지나면 잘 볶아진 콩을 소쿠리에 담아와 '오도독오도독' 먹으면서 정다운 대화를 나누던 추억들이 있다.

요즘처럼 먹거리가 많지 않고 귀할 때라 볶은 콩은 참으로 근사한 군것질 감이었다. 발전이 발전을 이뤄 앞서가는 현대사회지만 콩의 소중함이 대두되는 시대인 만큼 어머니의 지혜로운 영양식은 꾸준히 이어지고 있어야 한다.

우리 세대는 이런 눈부신 그리움들을 안고 사는데 요새 아이들은 나중에는 컴퓨터와 게임, 휴대폰 같은 것들만 추억할지도 모르겠다. 가끔 옛 물건을 보면서 이건 용도가 뭐였어요? 묻는 아이들에게 냉장고도 따뜻한 밥통도 없는 시대의 대나무로 만들어진 보리밥 바구니도 그리움 가득한 대화의 소재가 된다. 마치 대나무 가지 하나하나가 촘촘히 쌓인 삶의 지혜처럼 느껴진다. 이렇게 우리 생활과 밀접하게 관계를 맺고 있는 소품들도 시간이 지났는지 박물관으로 향하는 소재가 되어있다. 박물관처럼 많진 않지만, 집에 남아 있는 소품 하나로 현재의 생활상과 과거의 생활상을 비교해보고, 우리의 일상에서 어떠한 소품들이 존재했었고 얼마나 발전했는지 아이와 함께 이야기해 보는 것도 재미있지 않을까?

전통이 살아 있는 민속품은 삶의 배움터다. 지식으로만 알던 역사는 남아있는 유물들을 통해 시각화되고 형상화되어 오래도록 기억된다. 여기에 엄마나 아빠의 어린 시절 이야기가 더해지면 아이에게는 유물이 아니라 살아 있는 기록이 될 것이다.

천연의 자연 소재들도 하나의 어엿한 테마로서 자기만의 가치를 가진다. 나의 부모님은 봄이면 나오는 햇쑥을 뜯어다 쑥떡도 해주시고 국도 끓여 주셨다. "들에 나가면 지천에 깔려 있는 게 먹을 것투성이"라고 늘 말씀하셨다.

항상 듣던 그 언어들을 그때는 가볍게 흘려버렸는데 웰빙(참살이)이라는 용어가 뜨기 시작하면서, 건강과 인생의 의미를 되새겨 보는 관점에서 다시 자연 속으로 파고드는 일상이 역귀(逆歸)되고 있다. 아이들은 아이들대로 어른들은 어른들대로. 도심에서 멀지 않은 곳에서 얻을 수 있는 자연을 소재로 뭔가를 하는 문화가 살아난 것이다.

체험학습이라는 곳도 많이 생겨났다. 놀이문화가 부족한 이 시대에 아이들과 함께할 수 있는 것이 자연과 더불어 옛것을 되살리는 놀이 문화가 아닐까?
사실 조금만 부지런하면 키 낮은 마을 동산에 올라 야생화를 보기도 하고, 어
르신들이 즐겨 드셨던 나물들도 채취해 보고 냉감 이파리도 따보면서, 그것에
얽힌 전설과 얘기들을 들려주고 나누기도 한다면 실용과 지혜와 낭만을 동시
에 엮어낼 수 있다.

사실 아이들이 자연과 친숙하지 못해서인지 닭을 그리라고 하면 발이 네 개
달린 닭을 그리는 어처구니없는 일이 벌어지기도 한다는데, 자연학습과 먹거
리를 동시에 얻는 셈이니 이거야말로 일석이조(一石二鳥)인 참으로 즐거운 정
신 놀이가 아닐는지….

야생화 이름도 알고 나물 이름도 알고, 물 한잔을 마시더라도 냉감(청미래)
이파리 하나 띄워 마실 줄 아는 운치를 배우게 될 것이다. 기실 조금 느리지만
옛것을 복습하는 것은 상당한 도움이 된다.

뭐랄까? 삶에 찌든 시름을 잠재우면서 차분하게 생각하는 여유를 준다는 것
일까? 정신이든 물건이든 민속이란 이처럼 소박해서 우리들 곁에 손쉽게 와 닿
고 늘 정겨운 이름이다.

가끔 벼룩시장에 간 적이 있는데 노점상이 벼룩처럼 왔다 갔다 한다고 하여
벼룩시장이라고 했다던가. 아니다. 벼룩이 붙을 정도의 중고품을 판다고도 한
다.

여하튼 그 유래만큼이나 벼룩시장에 나오는 물건들도 재미있다. 액자, 그림,
신발, 옷, 시계, 안경, 우표, 책, 민속품, 오래된 동전, 공예품, 라디오, 텔레비
전 등 가정에서 오랫동안 사용했던 물품이나 보관품들이 대부분이다.

못난이 인형이나 LP, 70년대의 트랜지스터라디오처럼 추억 속으로 사라져
버린 물건도 있다. 각 지역마다 작은 모퉁이에 자리 잡은 민속품상에는 덫, 엿
장수 가위, 낡은 요강 같은 민속품이 있다.

외국인들은 우리나라 요강의 선이 너무나 아름다워서 비싼 가격을 주고 사
가지고 가서는 머리맡에 두고 캔디박스로 쓴다는 우스갯소리도 들려온다. 우

리가 하찮게 흘려버린 것, 그 어느 것 하나 세월의 손때가 묻지 않은 것들이 없다. 가격도 5천원에서 만원이면 가볍게 즐길 수 있다.

할아버지와 할머니가 쓰셨고, 내 부모와 어린 시절을 함께했고, 이제는 TV 드라마에서나 볼 수 있는 낡은 소품들이 자랑스레 얼굴을 내밀 수 있는 유일한 곳이기도 하다. 조금만 다리품을 팔면 뜻밖의 보석을 헐값에 구입할 수 있어 찾는 이에게 재미를 주기도 한다.

그나마 다행인 것은 우리가 버린 것들을 애장하는 사람들이 늘어나 작은 박물관을 열기도 하는 문화가 곳곳에 생겨나고 있다. 우리의 종가 살림살이를 대표하는 제기, 거기에 파생되는 옻칠, 집안의 가보와 같은 다듬이, 어머니의 가장 큰 사랑을 받았던 재봉틀, 함, 집안 대대로 내려오는 술, 된장, 고추장, 떡의 비법들, 제사상에 오르던 문어가 아주 잘 오려져 학으로 변하던 모습들….

이 땅 이 자리에 터를 잡고 살아온 우리 할머니, 할아버지의 때 묻고 내력이 있는 민속품을 볼 때마다 소중함이 느껴진다. 이건 비단 나만의 생각은 아니리라.

등잔 하나를 보더라도 어린 시절 감기몸살로 비몽사몽 고생한 나를 밤새 불켜놓고 물수건을 올려주던 어머님 얼굴이 떠올라 그 간절한 그리움은 어찌할 바를 모르겠다.

우리는 너무 새로운 것에 길들여져 성말 아름다운 것을 잊어버리시는 않는지 쓰레기통에 부담 없이 슬프게 버리지는 않는지 다시 한 번 생각해 볼 일이다.

이벤트 데이

이형복(33회)

　오랜만에 서울 나들이를 하였다. 강변 터미널에 내려서 지하철을 타려고 하는데 여학생들이 저마다 한통씩 또는 여러 통의 빼빼로를 들고 다닌다. 때론 거리를 지나는 일반인들도 여러 가지 모양의 빼빼로를 들고 다닌다.

　지하철 입구나 대로변, 길목이 좋은 곳이거나 사람들이 많이 다니는 곳에는 어김없이 빼빼로 바구니가 널려 있다. 11월 11일은 새로운 세태의 문화가 생겨났다. 일명 '빼빼로 데이'다.

　그간 외국에서 수입된 문화가 얼마나 많았던가? '발렌타인 데이', '화이트 데이' 하다못해 '블랙 데이'에 '할로윈' 또한 '크리스마스'가 판치는 상흔 중에 우리도 얄팍하지만 그런 상업적 아이디어를 만들어 어쩌면 문화수출을 한다는 자체가 기분이 그다지 나쁘지만은 않다.

　아이들은 등교 길에 저마다 한 아름의 빼빼로를 들고 가서 급우들에게 나누어 주고 또 다른 급우들로 부터 빼빼로를 선물로 받는다고 한다. 대부분의 아이들은 빼빼로를 잔뜩 들고 가지만 더러는 안 가져오는 학생이 10여명 정도라고 한다.

　기껏 전부 나누고 받아도 결국은 손해 보는 선물 놀음이라는데, 고스톱을 혼자 거울을 보면서 친다 해도 돈이 빈다는 말이 있던데 빼빼로 데이는 꼭 거울 앞에 고스톱 치는 경우가 아닐까?

그래도 아이들은 그 자체에 만족을 느낀다고 한다. 어쩌면 계산에만 밝은 우리 시대와는 다른 문화를 가진 탓인지도 모른다.

작년 이맘때쯤인가? 그때도 서울에서 친구들과의 모임을 대학 시절 추억을 되새기자고 무교동에서 만나기로 약속을 정하였다. 골목 안의 약속 장소를 찾고 있었는데, 여남은 아이들이 머리에 이상한 형태를 머리에 쓰고 튀어 나왔다.

그 아이들에게 그게 뭐냐고 물었더니 '할로윈데이'란다. 10월의 마지막 날이 또 하나의 세시로 자리를 잡아 가는가 하는 씁쓸한 생각을 했었다. 언젠가 외국에서 맞이한 할로윈 데이 때 우리의 처용을 생각한 적이 있었는데, 아무래도 서양 도깨비는 폼 나게 보이나 보다.

죽은 자들이 다시 깨어나 활동을 하는 것을 기려 만든 외국의 축제 '할로윈', 정말 그들은 성대한 의식과 가면에 가장행렬로 어린아이들에게는 아주 기다려지는 싱단질 다음의 커다란 축제인 깃 같다.

종교적 이유도 또한 망자에 대한 추모와 기념도 그 어린아이들에게는 아무런 의미도 없이 그냥 선물을 받는다는 기쁨과 또한 밤늦게 거리를 다니면서 캔디를 얻을 수 있다는 작은 즐거움 때문에 그러하리라.

우리의 어린 시절은 요즘 같은 축제의 문화가 거의 없었고 구정, 추석, 단오절, 정월 대보름 정도였다. 그런데 요즘 아이들은 별의 별 날을 다 만들어 즐긴다. 저희들이 즐겁다 하니깐 그러려니 하지만 나에겐 왜 즐거워야 하는지 도무지 적응이 잘 되질 않는다.

무교동 하면 낙지 골목으로 유명한 곳이다 그 명성이 어딜 가겠는가? 역시 낙지가 철판구이 등 다양한 형태로 선보였다. 근데 왜 동네이름이 왜 무교동이던가? 종교에 관계없이 다 모인다고 해서인가?

이왕에 서울의 지명 이야기가 나온 김에 서울 거리의 이름을 따져 보자. 해방되고 나서 일본식으로 지어진 도로 이름을 우리말로 바꾸어야 하는데 우리나라의 위인 이름을 따서 만들었다 하더라.

당시 행정의 중심인 중앙청 앞 도로(세종로)는 성군이신 세종대왕의 이름이었고, 을지로, 원효로, 충무로, 대충 그런 식이었나 본데 그렇게 만들게 된 동기는 일제의 압박에서 벗어난 시기에, 당시 일본인들이 활개를 치던 혼마찌(本町)의 기를 누르려고 한 것일까?

이렇게 생각하다 보니 왜적의 간담을 서늘하게 했던 충무공의 시호를 생각해서 지명을 만들었고 나머지는 그냥 붙였던 것 같다만 어찌 되었건 충무로에 성웅 동상을 세운 이유도 다 이유가 있으리라.

"뜻 모를 이야기이만 나암긴 채~ 우 우리는 헤어졌지요~"

어느 가수가 부른 「10월의 마지막 밤」이란 노래가 생각난다. 언제부터인가 오늘 같이 시월이 지나고 십일월 중간 정도가 되어가는 무렵에는 스산한 별리(別離)의 추억이 그 노래 때문에 내 맘을 차가운 거리로 내몬다. 이제부터 좀 투덜거릴 시간이다. 왜냐하면 내 맘이 너무 꿀꿀하니깐….

'하필이면 예수님은 방학 때 태어나셨는가?' 하는 아쉬움과 '왜 어둡고 추운 겨울에 태어나셔서 좀 더 즐거움으로 만날 수 없었나' 하는 안타까움이 언제부터인가 있었다.

좀 더 따뜻하고 밝고 환한 날과 장소를 택할 수 없었던가? 하긴 우리의 태어난 곳이 어둡고 침침한 골짜기라서 환하면 부끄러워서 그런지도 모른다.

문득 성(性)에 대한 이야기가 나와서 생각 난 이야기가 있다. 남자의 성기를 지칭하는 단어의 유래는 앉으면(坐) 안 보인다는 말에서 유래했고, 여자의 성기는 걸을 땐(步) 안 보인다는 말에서 나왔다고 하는 말이 있다.

한데 어떤 미친놈이 걸을 때 그런 걸 관찰하는지 정말 대단한 마니아인가 보다. 혹시 "어떻게 하면 보일까?"를 만들면 어떤 단어가 나올까?

다행히 석탄일(石灘日)도 공휴일로 지정이 되면서 거리에 행렬하는 불탄행사(佛灘行事)를 훈훈한 봄기운에 맞이하면서 우리도 이젠 봄에 하나의 문화가 있다는 생각에 그나마 위안을 갖는다.

거리엔 여름내 푸름을 자랑하고 마지막 열정을 태우던 나뭇잎의 잔흔인 낙엽들이 발에 채여 이리저리로 굴러다니고, 겨울을 재촉하는 스산하고 차가운

바람이 귓불을 스치면서 '겨울이 벌써 왔나?' 하는 생각에 담배라도 피워 추운 가슴을 녹여 보리라.

江涵鷗夢闊(강함구몽활)
天入雁秋長(천입안추장)

위의 한시는 조선 선조 임금 때의 여류 시인 이옥봉의 시다. 이 시는 우리말로 옮겨 놓기가 두려울 정도다.

이런 시 한편 짓는다면 죽는다 하여도 원도 없을 것이다. 나 같은 주제에 무슨 한시 뜻풀이를 하겠는가? 어떤 분의 풀이를 인용하자.

강은 갈매기의 꿈까지 품기에 넓고
하늘은 기러기의 슬픔까지 알기에 멀기만 한가.

강과 하늘의 광활함과 쓸쓸함을 단 두 줄의 글귀로 다 담아내고도 남는다. 강은 넓고 하늘은 높고 깊거늘 그곳을 나는 갈매기와 기러기도 그러하지 않겠는가?

어쩌면 요즘 내 심경이 갈매기와 기러기와 같은 건지?

올해는 겨울이 되기 전에 월동 준비를 서둘러야겠다.

노령 카드

임만식(33회)

2023년 6월 4일

이 카드 아시나요?

지난 화요일이었습니다.

농협에 가서 카드 한 장을 수령했습니다.

유효기간이 없는 카드입니다.

이제 신창, 춘천, 여주, 도라산, 소요산, 인천국제공항까지 다 접수됐습니다~.

느덜 다 죽었습니다. ㅎㅎ

카드를 지갑에 쟁이고 어깨 쫙 펴고 나서는데 복지국가의 늦봄 오후 햇살은 얼마나 은혜롭던지요.

까지는 뻥이고!

행원이 친절하게스리, 앞으로 지하철은 칸마다 열두 석씩 무임승차를 내어 주고 방방곡곡이 경로를 우대할 거라는데 거 기분 묘하더군요.

촘촘한 복지를 얻어 입었으면 그냥 기쁜 마음으로 귀가할 것이지 옆 단지 사는 불알친구는 왜 부른 거며, 만나자마자 짬뽕 집으로 연행하여 메인이 나오기도 전에 '다꽝' 안주만으로 두꺼비 한 마리를 날름 잡아먹는 객기는 뭐냐고요, 나 참….

실은 카드를 받고 보니 기분이 '영 아니올시다'였습니다.

쟁인 지갑만 두꺼워졌을 뿐, 마음은 더 여위고 심장 부피는 쪼그라듭디다.

친구가 덕담 아닌 덕담을 건넵니다.

"야, 너 이제 진짜루 노인이 노인 갈치러 댕기는 거네?"

헉, 폐부를 씨르는 팩 폭….

대수롭지 않은 듯 피식 웃으며 짬뽕 속 목이버섯을 건져 올렸지만 부인하기 어려웠습니다.

하여, "얌마, 이게 노노케어의 실증적 모델인겨~ 짜샤."라고 뱉어놓고 곧 후회했습니다.

조동이 닥치고 빈 술잔이나 자작할 걸.

그러면 측은히 여겨 꽁으로 저녁을 얻어먹었을 건데….

말로 안 지려고 아등바등 대꾸했더니 그릇 비우고 일어서는데 이럽니다.

"형, 형이 계산해."

제기럴, 농협은 로또 당첨돼서나 가야지 원~

아주 기분이 엿가락 같은 하루였습니다.

후배님들, 혹여 냉중에 카드 수령하실 때 되거든 수령하여 조용히, 그저 살그머니 귀가하세요~ㅋㅋ

둘레길 1

임만식(33회)

무심코는 좋았다,
풀
꽃
나무가

걸을수록 미안했다,
길 비켰을
풀
꽃
나무에게

둘레길 9

길마다 꽃이 있었다
길마다 바람이 있었다
길마다 햇볕이 있었고
길마다 쉼터가 있었다

이런,
다행이었다

둘레길 17-1

굴곡진 길은
산에 좀 더 머물라는 명령이고,
자연과 가까이 벗하라는 은근한 권유이고,
앞뒤 사람과 간격을 유지하라는 교통신호다

철쭉 中

임만식(33회)

작금,
군포는 철쭉하고 있다
이면도로까지 시끄럽다
친구에게 전화를 넣었다

어디야
철쭉동산
뭐해
그냥 걸어
싱숭생숭하니 한철쭉 할래
좋지

막걸리 익어가는
군포는 지금 철쭉중이다

온 데가 길

임만식(33회)

비는 구름이 할 일이고
꽃은 날씨가 할 일이다

바람도 하늘이 할 일이고
파도는 바다가 할 일이다

이들처럼 필연은 아니나
길만큼은 네가 할 일이다

이 세상 어디든 아닌 곳 있으랴
네가 딛는 온 데가 길이다
길이 있어 가는 게 아니라
네 발 닿는 곳이 길인 게다

설난(雪亂)

이형복(33회)

눈 덮인 금수산*이
마침내 쿠데타를 일으켰다.

며칠간 내린 눈 온 산 나뭇가지 위
무거운 눈으로 쌓여 있다
산 위에서 내려치는 강풍에
그동안 참아 왔던 고통의 무거운 짐을 벗는다.

여인의 속눈썹 위로 얹힌 마스카라처럼
가지 위에 얹힌 하~이얀 속눈썹은
천년의 한을 품은 여인의 차가운 미소.

무섭게 흔들리는 가지는
설풍검(雪風儉)의 서릿발 같은 검무(儉舞)처럼
하얀 옷을 입은 무희들의 손동작에
마리화나 같은 미립자가
허공으로 흩어져 날아올라
내 미각을 자극한다.

---

* 금수산(錦繡山)은 충청북도 단양군 적성면에 있는 높이 1016m의 산이다. 백암산 (白岩山)
이라고도 불렸는데, 이황이 군수 재임 시에 그 경치가 '비단에 수를 놓은 것 같다'고 하여 금수
산으로 바뀌었다고 한다. '비상'이란 식물이 자생하는데 먹으면 즉사한다고 한다.

조용했던 금수산이 결국 마지막
반란을 일으켰다.

그 옛날 내 어머니 시집올 때 가져온
솜이불 속에 꼭꼭 감추어 놓은
고달픈 사연을 헤쳐 뒤집고
가지가지마다 드리워진 삶의 무게를
털어내기 위해 기지개를 펴다.

가을 유혹

이형복(33회)

가을 유혹에 산문에 들어서니
청솔가지 백학 노닐다가
방금 날아간 자리에
녹색의 빛깔이 너무 고와라

거기에 우두커니 서 있으면
행여 널 만날까
네가 아니면
그 가을 흐느낌 서성이던
그 눈부신 햇살과 같이
나뭇가지 사이의 잔광이라도 만날까

몇날 며칠 밤잠을
설치다가
물감을 뿌려 곱게 배어든 치맛자락
바람에 날려 얼굴 비비대니
부드러움에 취해
이내 잠들고 만다

잠시 눈을 뜨고 바라보다가
너의 요염한 자태에
할 말을 잊은 채

눈을 감아 버리고
차마 마주 할 수 없어
뒤 돌아선다

스스로가 선택한 자유로의 갈증
부끄러움과 두려움을 잊은 채
아무도 모르는 오차원의 공간으로
한 걸음 한 걸음
작지만 힘 있는
발걸음을 내딛는다.

나의 이야기는
가슴으로 가쁜 숨을 몰아
시공을 넘나들며
땀으로 얼룩져 뒤범벅된
낡은 일기장의 한 페이지를
차분히 채워 나간다.

기다림(갈라산에서)

이형복(33회)

행여 널 만날까
네가 아니면
그 가을 흐느낌 서성이던
그 눈부신 햇살과 같이

숲속의 잔광이라도 만날까
갈라산에 가 보았지
아스라한 벼랑 끝
소나무 가지는
전보다 더 설운 몸짓으로
바다를 그리워 뻗고 있었고

쌓아 올린 바위색
짙기는 여전 했지만
네 그림자는
한 치도 드리워져 있지 않더라
깊은 바닷물 속에 가면
널 만날까
행여 동백 잎 그늘에서라도
널 만날까

낮이 다 가도록
너 닮은 물새 한 마리도
날아오르지 않고
초가집 낡은 창틀
동백 잎민
지고 있더라

생여수(生如水)

천영필(36회)

그냥 물 흐르듯 살자

서두를거 없다
막히면 쉬어가자
둥근 그릇에는 둥글게 담기자
네모난 그릇에는 네모로 담기자

넘치면 흐르고
마르면 적시고
뜨거워 증발하고
내 뜻(意)을 내지 말고
오는 인연에 미혹되지 말고
가는 인연에 마음 두지 말고
사람과 물건을 너무 집착(集)하지 말고
물처럼 흘러흘러가자

生과 死는 예상할 수 없으니
언제 갈지
어디서 갈지
어떻게 갈지 마음에 두지 말자

일과 성공이 인생의 목적이 아니니
마음에 두지마라

인생 그 자체가 행복이며 목적이고 길이다

오늘 지금 여기서 행복해야 한다
지금 웃는 게 최고다
마지막에 웃는 게 승자가 아니나
지금 항상 많이 웃는 게 진정 승자다
지금 행복한 게 승자다

물 같이 살자

다 자연으로 돌아간다

천영필(36회)

자연에서 인연되어 세상에 던져진
이 몸이
日月과 더불어
자연과 더불어 살다가
불과 함께
다시 자연으로 돌아가는 의식
火葬

바람만 넘쳐나는
티벳 헐벗은 산간 오지
독수리를 비롯한 조류에게
사라의 몸을 뼈와 살점으로 조각내고
보릿가루에 버무려
나누어주는 의식
鳥葬

모든 시신을 그렇게 하는 건 아니라네
죄 지은 그것들은 물고기에게 준다네
魚葬

왕들은 무덤으로
土葬
고승은 등신불이나 미이라로
保存葬

이세상에 있은 듯 없은 듯이
결국 세월이 지나면
다 자연으로 돌아간다는 건
한가지지

신경 끄고 너 자신의 삶을 살아라

천영필(36회)

상대에게 맞추려 하지마라
타인이 너를 좋아하도록
너 자신을 바꾸지 마라

타인이 너를 어떻게 느끼는가 하는 것은
네가 관여 할 수 없는 일이다
그러니 바꾸려 너무 애쓰지 말고
오직 너 자신의 독특한 인생을 살고
그를 통해 복을 누리도록 해라

올바른 사람이라면
있는 그대로 순수한 너의 모습 그대로
너의 남다른 개성을
좋아 할 것이다

인생은 가장 큰 시험이다

많은 사람들은
모두가 다른 그리고 정답이 같지 않은
시험지를 갖고 있다는 것을 깨닫지 못한채
그저 다른 사람을 흉내 내면서
개성없이 살기 때문에

인생에서 낙제점수를
받게 되는 것이다

그러니 남이 너를 좋아하게 하려고
너무 애쓰지 마라

남이 너를 어떻게 여기는지
신경을 덜 쓸수록
너 자신이 더 소중하고
행복하게 될 것이다

오로지 너의 인생을 살고 행복하여라

山西陵川
王莽嶺
国家　公园

天境
Heaven Realm
천경

天
境
太行天路
天 境
HEAVEN REALM
太行大峡谷

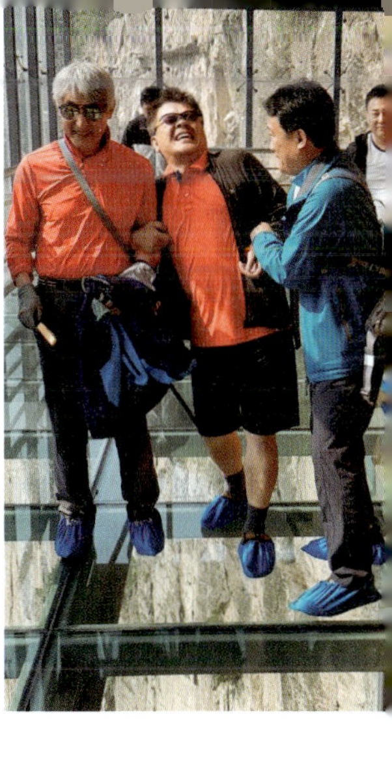

承 德 旅 游 度 假

아름다운
青山島
재경 충주고 산악회
前 국원산악회 進

재경 충주고 산악회
前 국원산악회 進

충고인의 웅지! 세계를 가슴에!
재경충주고 동문산악회

서편제
쉼터·주막
SLow

우리의 둥지! 세계를 가슴에!
동문산악회

寶蓮山
765M
보련산
해발 764 M
충청북도 충주시

05. 11. 2008 16:08

국립공원특별보호구 안내

국립공원특별보호구 안내

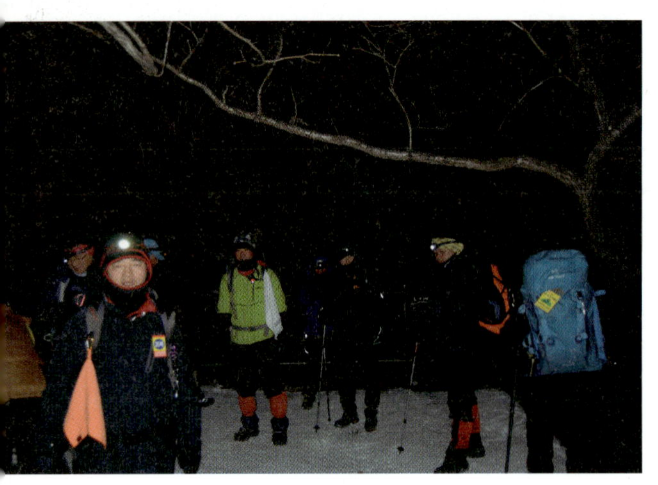

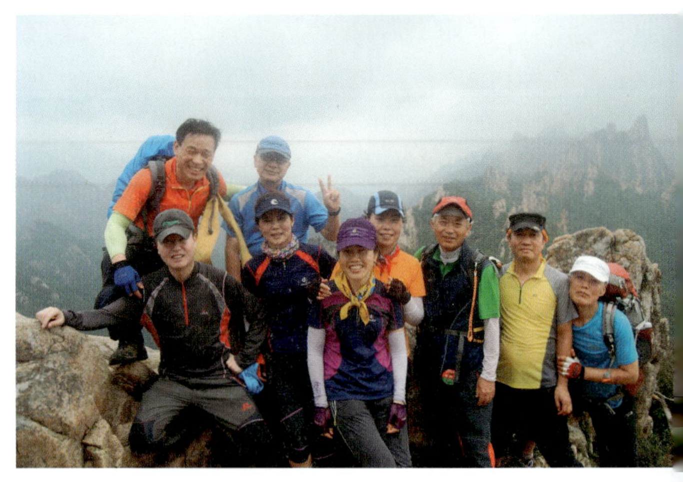

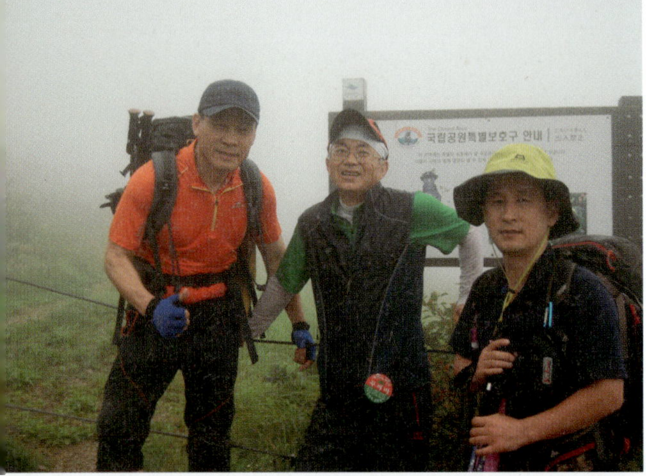

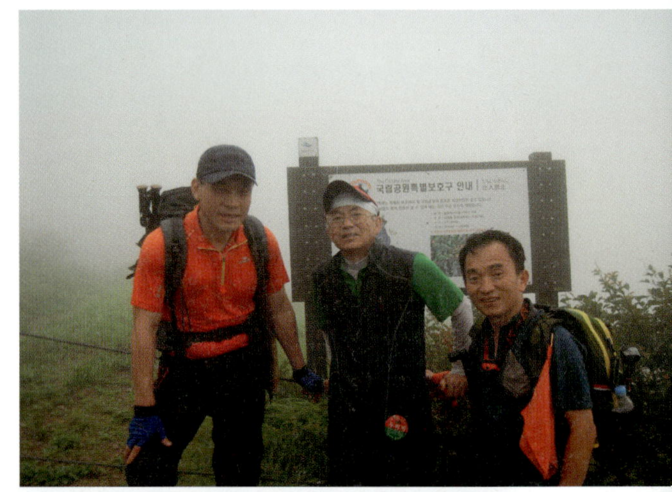

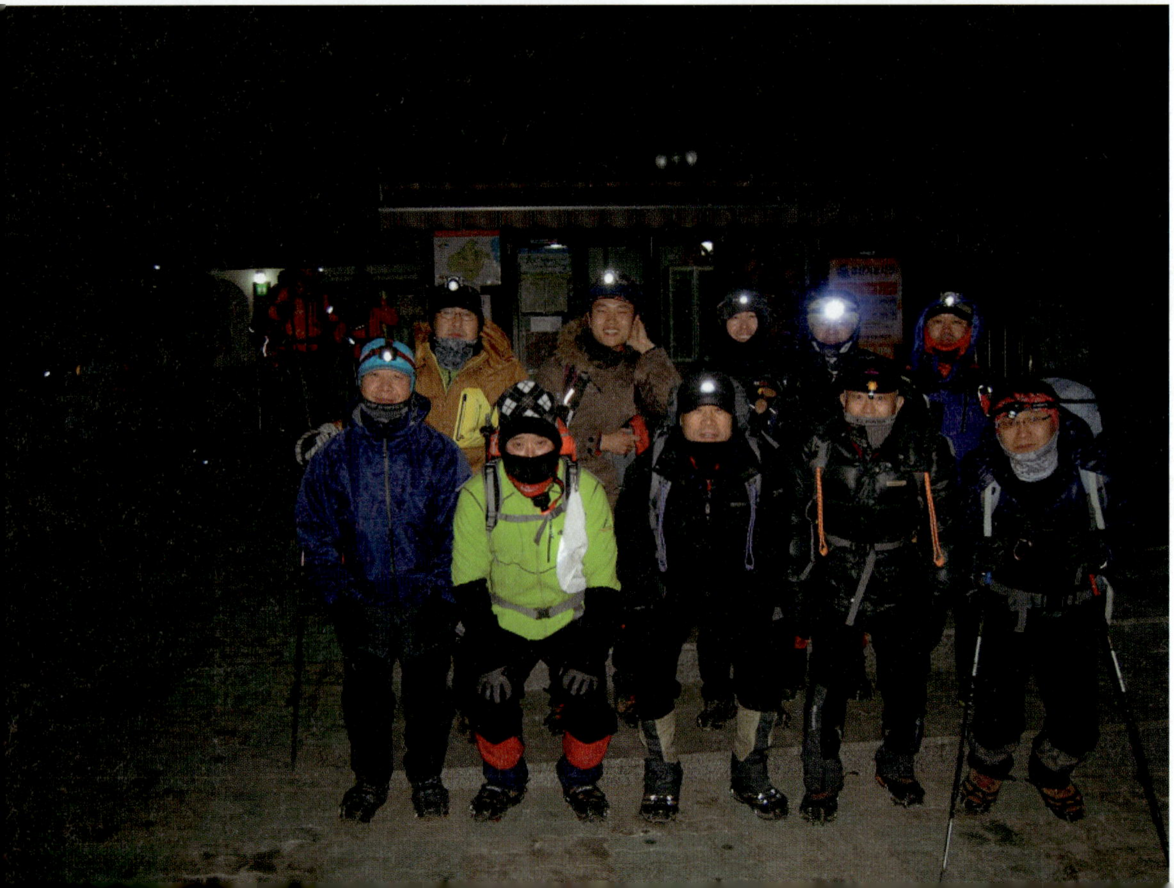

지리산
국립공원